あおてんだいぶ！

夏川 十一

文芸社

あおてんだいぶ！

目次

第一章

第一章

倉橋和也《くらはしかずや》　やじをうける。

白いラインの入った人工芝のフィールドで、両チームの怒号が行き交い、激突と潰し合いが続いている。うちのチーム、北摂《ほくせつ》大学の攻撃ライン、三年生のガードの伊東瑛一《いとうえいいち》が倒れた。フィールドで右膝を抱えて悶えている。

レフリータイムアウトがかかり、黄色いベストを着た三人のスタッフが、一台の担架をグラウンド内に運び込み、スタンドが静まった。

「おまえら何人倒れてるねん！　足腰の鍛え方足りんのとちゃうんか！」

観客席のおっさんからのやじがやけに明瞭に響いた。そして、「弱っちいのお」「痛がりすぎなんじゃ」とやじが重なり一緒に失笑も起こった。

サイドラインに7分間以上立ったままの北摂大学守備ラインバッカーの倉橋和也は、自分がいる場所から今頃俯瞰した感覚で周囲を見た。

フィールドを取り囲む公園や樹木、敵チームの観客席の向こうには紅葉《もみじ》色の六甲山脈がよこたわり、薄い水色の澄んだ空には長く伸びた銀色のすじ雲がゆっくりと漂っている。

倉橋は、汗が止まって体温が急に下がった気がした。体がかちこちに固まっている。そして、無用倒れていた伊東は、スタッフの肩に手をやりながらゆっくりと立ち上がった。そして、無用になった担架と共に少し足を引きずりながら歩いてサイドラインへ退場した。少しの拍手がスタンドから鳴った。伊東の代わりに、二年生の川上義夫《かわかみよしお》が投入され、審判の笛とともに試合が再開された。

敵陣40ヤード付近から北摂大学サードダウン残り3ヤード。

北摂大学クォーターバック岡村健太郎が、再度ハドル（円陣）の中で次のプレーのコールを行い、ハドルが解かれたあと、攻撃選手たちはショットガン隊形の自分たちの持ち場に戻った。

岡村健太郎のコールに合わせて、ボールがセンターの川井博之《かわいひろゆき》から岡村にスナップされた。岡村はランニングバックへのハンドオフのワンフェイクを挟んでパスの体勢に入ったが、味方のレシーバーがすべて敵チームのディフェンダーにマークされているのを見て、自らのランに切り替えた。

普段は走らないけれど走れば速い岡村は敵の追撃を軽快にかわし、簡単にファーストダウンを更新して、なおもオープンサイドを疾走した。

——岡村いけっ！　走れっ！

サイドラインの倉橋も叫んで拳を握った。

この試合で、北摂大学のまばらな観客席が初めて沸いた。敵陣30ヤード付近で相手選手にタックルされそうになった岡村は、右、左にカットを切ってさらに5ヤードほどゲインし、クォーターバックらしく、大事をとってスライディングしてダウンした。

見事なランだった。膠着状態から息を吹き返した攻撃陣は小走りにハドルに戻ってきた。相手のゴールラインはもう目の前だ。3点を獲得できるフィールドゴールは成功圏内だが、スコアは3対7、4点ビハインドの北摂大学には、残り時間から考えて選択肢はタッチダウンのみ。

本年度西日本学生関西ブロック一部リーグ最下位決定戦は、次の北摂大学の攻撃シリーズが勝負を決める。試合終了まで残り1分42秒。敵陣24ヤードから北摂大学ファーストダウン10ヤード。

攻撃側から向かって左に三人のレシーバーを配置した隊形から、岡村は一度左にパスを投げるフェイクを入れて右に回り込み、空いた右のオープンサイドに切り込んだ三年生ランニングバック近藤勝也にボールをピッチした。

ボールをキャッチして走る北摂大の近藤勝也に、対面サイドの背番号55番のラインバッカーが、読みが当たったとばかりに猛然と襲いかかった。寸胴《ずんどう》でパワーだけはありそうなこの55番は、前に来た北摂大学のラインのブロックを一発で振り払うと、近藤の腹にずどんと鈍くて重いタックルを炸裂《さくれつ》させた。

次の瞬間、腰を鷲摑《わしづか》みされて完全に体勢を崩した近藤の手から、ボールが宙に浮いてグラウンドに落下した。見ていた倉橋たち全員の口も体も止まった。

主《あるじ》を失ったボールは何人かの選手の手と芝の上を転がったあげく、敵チームの大柄な選手がこれを拾い上げた。彼はボールを両腕でブロックするように抱え込み、不細工なランニングフォームで顎を突き出しながら真っすぐに走った。両サイドの選手や、立ち上がった観客からの絶叫の中、彼は、最後は万歳して奇声を上げながらゴールラインまで走り込んだ。派手な歓声がしばらく続いた。

一世一代のミスをして立ち上がった近藤勝也は、ヘルメット越しに意外な表情を見せた。

――あれは俺のミスやないです。俺が悪いんやないです。俺はなんも悪ない、俺は……。

そんなことを泣きながら弁明しているような顔だった。彼自身の失態以外にはあり得ないファンブルだったが、あんな屁理屈顔でもしないとこの大騒ぎの中、とても精神の均衡が保てないのか。近藤のメンタルの自己防衛本能があんな顔をさせるのだろうか。

お行儀の良さでは甲子園球場ライトスタンドの猛虎ファンと双璧の北摂大学応援席は、近藤に容赦ない罵声を浴びせた。さらにその罵声に被《かぶ》せるように、岩のような禿頭のバックス担当のコーチは、サイドラインに引き揚げてきた近藤に、

「おいっおまえ！　ほんまに！　ボールしっかり、脇しめんかいっこらっ！　おんどりゃ！」

と唸《うな》りながら大げさに胸ぐらをぐいっとつかんだ。興奮しすぎて、口がよく回らず何を言っているのかわからない禿頭からは、怒りの湯気が立ちのぼって見えた気がした。このコーチは選手を怒鳴ることだけが生き甲斐なのか、それとも、練習や試合は日頃の仕事でたまった鬱憤を晴らす場だと捉えているのか、うっすら笑っているようにも見えた。

倉橋和也は、いつもの見飽きたこの光景を横目で眺めながら、自分自身の近藤勝也への怒り

が急速に萎えて、哀れみのため息をついた。なにも自分が怒る必要はないのだと。倉橋は、ちらっと後ろの観客席を見た。

——近藤の親や彼女が、スタンドにおったら最悪やな。

あとあとの人生でトラウマになりそうな、プライドをズタズタにされる今の近藤と同じような出来事を、倉橋たちは四年間であきれるほど体験してきた。適当に忘却していかないと、日常生活が送れない。しかし、いつもすぐ忘れるからまた同じ目に遭うとも言える。

倉橋の胸に、ほんの二時間ほど前に充満していた試合への高揚感や闘争心は、完全に干からびてカラカラになっていた。試合残り時間35秒で3—14。

今日もこのまま負けるだろうから、今季0勝7敗。倉橋の学生最後の秋のリーグ戦は、北摂大学ここ最近で最悪の全敗で終わる。

近藤のファンブルは今日の敗戦の象徴になってしまうだろう。たまたまあのプレーでは、レギュラーの三年生中野達郎ではなく、交代要員の近藤勝也が出た、と言ってももう遅い。

倉橋は、禿頭からようやく解放されて放心状態になった近藤を見た。普段の練習からボールセキュリティの甘さを見せていた近藤だったが、最後までタッチダウンが取れなかった攻撃陣の不甲斐なさも深刻だった。

倉橋自身も前半で二回、後半で最低一回、自分でもはっきりとわかるタックルミスをした。ボールを持って走る選手の太ももの辺りや足首をつかみ損なった感触が、手の中に残っている。スタンド上に陣取るうちのスタッフが撮影するビデオに、万引きの証拠のように撮られただろうか。

この試合でもう出番がないだろう倉橋は、二週間後に組まれたいつものシーズンより余計な一試合、二部リーグ優勝チームとの入替戦《いれかえせん》のことを考えた。

入替戦に出場すること自体は、前節の敗戦で決まっていた。今節の結果で、リーグ戦の順位とそれによって入替戦の対戦相手が決まる。

――よりによって、大学生活最後の試合の相手があいつがおるチームとは……。

敵チームのサイドラインや観客席からのカウントダウンコールが鳴り響き、タイムオーバー。セレモニー後、選手スタッフが応援席に向かって整列し、主将の片桐秀平が、

「本日も応援ありがとうございましたっ」と精一杯の嗄《か》れた大声で挨拶をした。

――こ、こんなしょうもない試合しやがって！　ぼ、ぼけなすどもが！

――おまえら二部なんかに落ちたら殺したるからのぉ！　わかっとるんけ！

――全敗して平気な顔ようできるのぉ、おのれらっ！

自分のため、チームのためというよりも、ＯＢやコーチにしばかれないために勝たないといけない気に、時々なる。倉橋は怖くてスタンドを正視できなかった。死の淵《ふち》をさまようような凄惨なしごきを思い出して身震いした。

ヘルメットを持って突っ立った倉橋に、場違いな長年の不思議さが浮かんだ。うりふたつの

顔に対面して抱く全く違う感情。親しみと嫌悪。友好心と敵対心。好きと嫌い。話をしたい気持ちと声も聞きたくない気持ち。

片方は、選手の列の後ろ側でドリンクボトルの入った籠などを手際よく片付けている赤澤智樹《あかざわともき》。チームが勝っても負けても、いつも淡々と冷静に職務を全うする、頼れるうちのマネージャーであり高校時代からの大親友だ。

もう片方は、ここにはいないが、しばらく話をしたこともない赤澤大樹《だいき》。智樹の双子の弟で、今度の対戦相手、京阪《けいはん》大学アメリカンフットボール部主将、ポジションは高校時代と同じくランニングバック。ランニングバック一筋の男。あの男の日常になんの興味もないが、智樹曰《いわ》く、日頃の筋トレのおかげでよりすごい体になったらしい。

「次負けたら二部落ちよ！　もっと気合入れてよ！　わかってますかっ！」

スタンドに一礼して背を向けた時に発せられた、周囲とは異質な若い女性からのやじだった。声の主はわかっていたから、自分に発せられたこともすぐわかった。倉橋はみじめさと恥ずかしさで振り向こうとはしなかった。

野村淳一《のむらじゅんいち》　久しぶりに運転する。

京阪大学アメリカンフットボール部四年生でクォーターバックの野村淳一は、家業の建具店で使っているワゴン車のハンドルを握りながら、ルームミラーで後部座席の高宮壮一《たかみやそういち》を見た。頭が天井にくっつきそうな高宮は、乗ってからしくしくと泣いたままだ。隣に座る小柄な西田《にしだ》浩介《こうすけ》を見た。彼も、黙ったままうつむいている。二人の湿布のにおいと、消沈しきった気分が車内に溜《た》まっている。けが人の二人を、東住吉区の整形外科病院に連れて行っての帰りだった。

野村たち京阪大学アメリカンフットボール部は、二日前の先週土曜日の試合に勝利して二部リーグ優勝を決めた。そして、昨日の日曜日、一部リーグ最下位が決まった北摂大学との入替戦に向けたスクリメージ（試合形式の練習）で二人が揃《そろ》ってけがをした。

診断の結果、高宮は足首の重度の捻挫で少し靭帯《じんたい》も伸びていた。松葉杖がないと歩けないし、西田は脱臼で腕を吊《つ》って肩を固定している。症状からいって二週間後の北摂大学との入替戦には、二人ともどう無理をしても出場できない。

「いちばん大事な試合の前に……。申し訳ない、野村」

高宮が絞り出すような声を漏らした。

「もうええから。おまえや西田がおったから二部で優勝できたんやで」

けが人を病院に連れて行くのは本来はマネージャーの仕事だが、人員が少ないチームではそうは言っていられない。それに野村たち三人は高校時代から一緒に頑張ってきた仲だ。大学でも一緒にやろう、と言って揃って京阪大学に入学した。四年間一緒に頑張ってきた。だから進んで野村はこの役を引き受けた。三人の悲願の入替戦出場が決まった矢先のけがだった。

「午前十一時半までやで」という約束で、野村は、親父にこの車を借りた。高宮と西田を家まで送った。今日は家でお笑い番組でも観てゆっくりしとけよ、と言っておいた。

久しぶりの運転だった。シーズン中はめったに運転はしないようにしている。けが人を乗せていたから、より一層安全運転を心がけて運転したら、親父と約束した時刻を十五分ほど過ぎて南森町《みなみもりまち》の店に着いた。

「淳一、どやってん、高宮と西田は」

文句を言われると思った野村に、親父はそう言った。高校時代から家にしょっちゅう遊びに来た二人だったから、親父は二人を自分の息子のように気遣ったんだろう。

「けが自体は大したことないねんけどな。ほいでも試合には全然間に合わへんわ」

「二人ともかいな。かわいそうに。練習でやってもたんか」

「そうや。軽めの練習やってたんけどな。軽めでもけがする時はするからな。こればっかりはしゃあないわ。ちゅうか、たぶんあいつら今まで無理してきたんやと思うわ。優勝して、ちょっと気が緩んで、前から傷んでたとこまたやってしもたんちゃうかと、僕は思てんねん」

そう言いながら野村は、入替戦のことを考えた。

——うちは、攻撃の大黒柱を二人も失った。僕が二人に投げ分けてきたパス攻撃が消滅した。勝てる確率は急激に低くなった。そう考えるのが妥当だ。高宮、西田の代わりの候補は二年生の松岡と桜井か。二部リーグ戦の序盤戦に数分間ずつ出ただけの彼らに、入替戦のようなプレッシャーのかかる試合での活躍を期待するのは酷だ。しかし、出てもらわないと試合にもならない。

二週間後の入替戦は、万年二部だった京阪大学アメリカンフットボール部が、やっとつかんだ一部リーグへの挑戦切符なのだ。

一部上位チームならば、たとえ主力選手をけがで欠いても、金太郎飴《あめ》を切ったように同じくらいのサイズで同じくらいの力量、技量を持った控え選手がグラウンドに出てきて、レギュラーと遜色のない活躍をする。

プレーは十一人でするものだが、選手交代が自由なアメリカンフットボールでは、二本目、三本目の選手層の厚さがチーム力になる。たった二人のレギュラー選手を欠いただけで戦力が大幅にダウンするのは、総勢四十名足らずの弱小チームの宿命だ。

京阪大学は、二部リーグで優勝はしたものの、点差が開かない僅差の試合ばかりだった。野球でいったら、切れ目ない、得点力のある打線を持つが、投手力が弱いために、ある程度失点は覚悟しないといけないチームに似ている。これが、京阪大の戦い方だった。

攻撃で勝負できたのは高身長でクレバーな動きをするワイドレシーバー高宮へのショート、ミドルパス、小柄だがクイックネスで相手を抜き去る同じくワイドレシーバー西田へのロングパスと、主将ランニングバック赤澤大樹のパワフルな中央突破＝ダイブだった。高宮、西田へのパスによって後方へ注意を向けた相手守備陣に、大樹のランが活きた。逆もまた真なり。空中戦と地上戦を効果的に使えてきた。でも相変わらずラインは小粒で、攻守両面《りゃんめん》もいる。そして、相対的に見てかなり非力だった。

――結局は、僕たちもここまでか。

正直二部リーグで優勝するのもしんどかった。次の試合、相手は腐っても一部のチームだ。自分は今までとは次元が違う戦いを覚悟しているのか。

野村淳一は自問自答してみたが、焦りと諦めの感情しか出てこなかった。

倉橋和也　自宅でふて寝する。

　ここには勝てる、と根拠もなく思っていたチームに昨日負けたショックは北摂大学の倉橋和也らにはことのほか大きかった。リーグ戦も終盤戦になると、昨年の順位が近い大学同士の試合が組まれる。要するに、各チームともにリーグ戦は最終の二、三試合ほどが本番なのだ。

　今年こそ優勝を目指す、と口で言うのは簡単だが、上位チームの壁は、想像以上に分厚くて固い。試合中にはさまざまなことが起きるが、結局は、総合力のあるチームが試合を制する。

　8チーム中、最下位と7位のチームが、二部リーグとの入替戦にまわる。みんな入替戦には出たくはない。平穏にリーグ戦を終えて、バラ色とは言えないまでも、束《つか》の間のオフで傷んだ体を労《いた》わりたいと誰もが思っている。

　もし入替戦に負けて、来年は二部リーグで戦うことになったら、上に上がるのは容易ではないとよく言われる。選手たちはいつしか、二部リーグのスピード、圧力に慣れきってしまう。落ちると這《は》い上がれない黒い沼のようだ。新人選手の獲得もうまくいかない。大学からの補助金も減るだろう。今でも大したことのない学内の注目度はさらに落ちる。まさしく重い沼だ。

　布団の中で身体中が絶望的に痛い。首も背中も腰も膝も。痛みを覚えないで、爽快に目覚めた朝はもう忘れてしまった。朝起きるたびに今日の体の痛いところを確認し、夕方からの練習を思って気が沈む。今朝は特に体の芯が鉛になったように重い。試合中に、体の中から湧き出るアドレナリンの力は偉大だ。おかげで、大抵の体の痛さは明くる日に持ち越しになる。

昨日の試合の後、倉橋和也は主将の片桐秀平らと梅田の地下街で餃子を食ってビールも飲んだ。自分たちは負けることに慣れてしまった。そんな気がして、反省の言葉を言い合う気持ちにもなれなかった。なんかとてもカッコ悪かった。

倉橋は、家に帰ってトレーナーに着替えてそのまま寝てしまった。疲れは全く取れてはいないが、ベッドから這い出た。台所まで行って、流し台でガラスのコップに水を注ぎ一気に飲んだ。昨日食った餃子のニンニクのにおいが、口元にまだ残っている。

四人掛けのダイニングテーブルの前に座った。パンでも食おうかと思った。とうちゃん、かあちゃん、姉ちゃんのさくら。みんな仕事に出ている。自分以外、家族はみんな働いている。自分はぎりぎりの単位を拾って、たまのバイトと、練習のためだけに学校に行く日々だ。全く生産性がない。

家の中では気が引けるが、こんな生活もあと数か月だ。

テーブルの上にポンと置かれた新聞を見た。スポーツ欄が開かれていて、

『西日本学生アメリカンフットボール関西ブロック一部リーグ　阪神大学死闘の末に勝利！リーグ三連覇！』

という見出しがあった。そのだいぶん下に、

倉橋和也　自宅でふて寝する。

（今シーズン一部リーグ順位結果。……北摂大学8位　0勝7敗。この結果すでに二部リーグ優勝を決めている京阪大学と12月10日入替戦へ）

と小さく添え物のような記事があった。そこが赤のサインペンでぐるっと囲まれていて、姉ちゃんの字で、「北摂大学弱っ！」と書かれていた。

――あかん、もういっぺん寝よ。

倉橋はベッドに引き返した。

野村淳一　第一回ケープコッド攻撃サミットで。

京阪大の野村淳一は電車に乗って午後一時過ぎに学校に着いた。昼飯がまだだったから、学食でランチを取って、駅までの京阪大学通りにある「ケープコッド」に入った。暖房がよく効いている。店内はアメリカの古民家風の広いカフェで、テーブルもチェアもバラバラだがなんとなく落ち着く。ポジションごとの打ち合わせでもここはよく使う。

京阪大学アメリカンフットボール部のコーチやポジションリーダーたちの打ち合わせは、仲間内で〝ケープコッドサミット〟と呼んでいる。今日はまさに入替戦前の〝ケープコッド攻撃サミット〟である。

コーチの市川さんが、緑色のウィンドブレーカーを羽織っていちばん奥の席でもう座っていた。

軽く会釈をした野村を見た市川さんが、手を上げて爽やかな笑顔で応えてくれた。

市川さんは、野村たちより五学年上のＯＢだ。ご実家が、この大学通りの商店街で文房具店を経営している。市川さんは卒業後、この文房具店の将来の社長になるべく店で修業している。この地の利で、他のサンデーコーチとは違い、頻繁にグラウンドまで来てくれる。

あと一人、うちの大黒柱、主将の赤澤大樹を呼んでいる。市川さんと雑談する間もなく、年中丸刈り頭の大樹が、紺色のスタジャンと赤いリュック姿で店に入ってきた。彼が店に入ってくると、なぜか周りの空気がピシッと締まる気がする。冷気をまとったスタジャンを脱いで、大樹は野村の隣に座った。

「まだ始まってへんから。ホットでええな」

市川さんが、柔らかく大樹に言った。

市川さんは、いつも本当に表情が穏やかだ。怒ったところなんか見たことがない。市川さんも、現役時代クォーターバックだったから、野村のよき相談相手でもあり、兄貴分でもある。

クォーターバックというのは特殊なポジションだ。攻撃の司令塔だが、うちのチームでは基本的には学年で一人だけだ。だから、パスのちょっとしたタイミングや、バックスとの呼吸の一瞬、数センチのズレなどの意識を共有できる人間が少ない。相談できる相手が限られている。野村は、この大学に入って、市川さんと出会えたことは幸運だったと思っている。

三つのホットコーヒーがテーブルの上に揃ったところで、野村は高宮、西田のけがの状況を改めて簡単に報告した。それを聞いた市川さんは、覚悟はしていただろうけれども、やっぱり落胆して大きなため息をついた。

市川さんは、クォーターバックだけでなく、攻撃全般のコーチも兼ねている。

「市川さん、松岡と桜井を鍛え直すしか……」

「寝ぼけたらあかんで、野村」

大樹が、野村の市川さんへの言葉を遮って、ひときわ強い調子で言ってきた。野村は、市川さんと顔を見合わせた。大樹のこの言い方は、市川さんにも失礼やないか、という気がした。野村は、これまで怒った市川さんを見たことがないが、人に気を遣う大樹も見たことがなかった。さらに大樹が言った。

「けが人責めてもしゃあないで、なあ野村」

「僕がいつあいつら責めた。あほなこと言うな」

市川さんが、「まあまあ野村」と言ってくれた。野村は、一つ深呼吸をしてうなずいた。さまざまなことで大樹とは波長が合わない。クォーターバックとランニングバックとして、攻撃チームの中核として一緒にプレーしていること自体が不思議なほどだ。

「市川さん、俺、昨日の夜考えたんですけどね」

大樹が言った。

「ウィッシュボーンで戦いたいと思ってます」

「ウィッシュボーン？」

野村と市川さんは、同時に声を上げた。

「大樹、ウィッシュボーンかなんか知らんけど、とにかく、試合直前の今頃に隊形変えるなんてあり得へんって。現実的にいこうや」

野村はそう大樹に言った。

「知らんやて？　おまえ、クォーターバックのくせにウィッシュボーンも知らんのか」

「あほ、そんなこと言うてるんちゃうわ。ウィッシュボーンくらい知ってるわ」

多少は知っている。ウィッシュボーンは、クォーターバックのすぐ後ろに一人、その両サイドに二人、合計三人のランニングバックを逆Yの字に置く強力地上戦志向の攻撃隊形だ。だから、レシーバーは置かない。その代わり、タイトエンドが左右両方に付く。

「最近あんまり見たことないやろ、ウィッシュボーンって、なあ」

大樹は笑いながら野村に言った。

野村は少しがっかりした。隊形選択の理由が、「最近見たことないやろ」か。どのチームも最近は攻撃の比重をランよりパスに置いている。パスはランに比べて、効率的に点が取れる可能性が高いからだ。

このため、ランに特化したウィッシュボーンは、なかば、「いにしえ」の隊形となっている。十年以上前にこのウィッシュボーンを使って関東リーグを制したチームがあった。しかし、最近はほとんど見ない。今、この隊形を主として使っている関西の大学チームはないはずだ。少なくとも野村は扱ったことも見たこともない。フットボールの隊形にも流行があるのだ。

「それが、おまえがウィッシュボーン勧めるポイントか？」

野村の思いを代弁したように、市川さんが聞いてくれた。しかし、大樹の表情にはあふれる自信が見えた。

「市川さん、それもありますけど、高宮、西田の代わりを二年生の松岡、桜井にして、運命託すなんてないですわ。あいつらも、春から多少の経験はしましたけど、そこまででしょ。

彼らには悪いですけど、二人に高宮と西田の代わりはとても無理です。それをわかって試合したないんです。もう俺らには、この試合しかないんです。やっと辿《たど》り着いた入替戦です。今までのやり方を変えずに、けがした選手を入れ替えただけで挑むっていうんは、『座して死を待つ』ってことちゃいますか。ここまできてそれだけはご免ですわ」

「大樹、もういっぺん言うけど、試合前二週間切って隊形の変更なんか無いねんって。選手が混乱するだけや。よそ行きの慣れてへんフットボールなんかやったら、それこそ自滅や。いらんことやめようや」

「大樹、ウィッシュボーンは、トリプルオプションをやってこそ活きる隊形や。チームがほんまにトリプルオプションをものにするのにワンシーズンじゃ全然時間が足りへん。速くてパワフルなバックスが最低2セットは要る。その他おまえの考えは……」

市川さんが言った。

——そう。そうやった。大事なことを忘れていた。市川さんの話で思い出した。トリプルオプションや。

ウィッシュボーンは、選手のアライメント（配置）もさることながら、ここから展開されるトリプルオプションがいちばんの特色だった。

センターからボールをスナップされたクォーターバックは、
①自分の脇を突進してくるランニングバックにボールをハンドオフすることをまずは試みる。しかし守備選手にマークされたら、それを諦めて、
②今度は自分が走ることを選択する。しかし、これもうまくいきそうになかったら、
③最後は、もう一人後ろを並走するランニングバックにピッチ（短いパス）をする。
この三択を、相手守備選手の動きを見ながら、コンマ何秒で判断しないといけない。

――僕が、いやチーム全体が、今から二週間足らずでそんな難しいことをマスターするなんかできるわけないやろ。

「市川さん。わかってます。チームが、短期間でトリプルオプションなんかマスターできへんことは、俺にもわかってます。

このウィッシュボーンでは、バックスがクォーターバックの後ろに三人並べられるってことと、ワイドレシーバーが不要であることが理由です。グイグイのラン攻撃で戦いたいんです。最後まで諦めんと試合に勝ちにいきたいんです」

赤澤大樹の迫力に押されて、野村淳一は、市川さんと共に黙った。熱くなった大樹が、コーヒーをちょっとすすってから話を続けた。

「市川さん。うちの主力レシーバーが二人とも離脱です。となると確実なパス攻撃は不可能です。それやのにメンバーを替えてやり方は変えない、はないですよ」

大樹は野村に向き直って言った。

「おまえ、ラグビーでモール攻撃って知ってるやろ」

「ああ、知ってるで。なんか団子状態ちゅうか、押しくらまんじゅうちゅうか」

「そうや。あんな感じで、ボールをみんなで必死のパッチで押し込むんや」

そう言いながら、大樹はリュックからA4用紙を抜き出し、ここで初めて彼があらかじめ書いてきたウィッシュボーンのアライメントを二人に見せた。

「クォーターバック野村のすぐ後ろのここ三人、フルバックは俺、その後ろに田並淳人と藤元光二。これが基本形。バックアップメンバーは、亀井……。全員、状態は悪ない。けがもしてないし、キレもええ。よってバックスはフル回転で戦いたい。入替戦のうちの攻撃のキープレーは、相手の中央部への、俺のダイブランや。これをなんとしても進める……」

――センターからスナップを受けたクォーターバック野村は、すぐ後ろから走ってきたフルバックの俺にボールをハンドオフする。俺はそのまま真ん中を真っすぐ、最短距離を一気に駆け抜ける。

この「ダイブ」が肝だ、「真ん中真っすぐ」のダイブで5ヤードが必達だと大樹は何度も強調した。その他は、この大樹の動きは一緒で、野村がボールを大樹の後ろから走ってくるランニングバックにハンドオフするブラストプレー。敵が、「真ん中真っすぐ」に慣れてきたら左右の大外《おおそと》を走るオープンプレーを混ぜていく。

黙って聞いていたコーチの市川さんが言った。

「急にえらい原始的やな」

「フットボールの原点に戻るってことですわ」大樹が平然と言った。

「パスは？」野村が聞いた。

「タイトエンドへのショートパスを何発か。パスには頼らん」

「せっかく、はやりのコント漫才で売れてたのに、明日から昔ながらのしゃべくり漫才やれ、って言われてる感じやわ」

野村は、苦し紛れに大樹に言った。

「おまえやったらまたドッカンドッカンとウケるって。問題なく慣れるわ。しゃべくり漫才のペースにな」

――笑わせられたらええけど、このままやったら笑われてまう。北摂大のやつらに……。

市川さんは、少し興味を示した。とにかく、自分たちには時間がない。

「市川さん、仮に大樹の言うウィッシュボーンをやるとして、問題はうちのラインが北摂大学を押せるかどうかです。

大樹のダイブラン。これに対して、北摂大学の真ん中の守備タックルは西口と主将の片桐です。あいつら結構手強《てごわ》いですよ。うちのラインが押し勝ってるとはとても……」

野村は、市川さんを見て言った。北摂大学が一部リーグで最下位になるだろうという野村の予想は、市川さんと早くから一致していた。だから野村は、うちが戦うのは北摂大学だと的を絞り、二部リーグ戦の最中もそのイメージを持って練習してきた。北摂大学の今シーズンの試合のビデオは当然すべて見て研究した。彼らのラインナップは、背番号も名前も身長も体重も、動きの癖なんかもとっくに野村の頭の中に入っている。

うちの攻撃ラインの平均体重は80キロ。最近の高校生のちょっと強いチームよりも軽い。対して北摂大学の守備ラインの平均体重は86キロ。一部チームの中では軽量級だが、うちより6キロほど重い。

——うちのラインが、もつかな。

高宮と西田がいれば、野村はいつものとおり、プレーの中で6〜7割はパス攻撃を組み立てられていた。

パスの時は、攻撃ラインは前に押さず、後ろに下がりながらクォーターバックを守る。大樹の言う「真ん中真っすぐのランで勝つ」の方針になったら、うちのラインたちはうちより相対的に強いだろう北摂大学のラインを相手に、試合中ずっと押し続けないといけない。パス中心の時よりも、ラインの選手の疲労度は全然違ってくる。二人で押すダブルチームをやるにしても、うちの軽量ラインたちが一試合もつだろうか。

本来はダイブプレーが得意のチームは、センターと左右のガード、最低でもこの三人が相対的に強いチームだ。うちはその逆。このダイブに限って考えてもそうだ。

北摂大学の守備ラインの真ん中二人は、西口91キロ、主将の片桐87キロ、いずれも四年生。これに対してうちは、センター丸橋祐輔、両ガードの大溝照雄と原沢裕志の三年生トリオは79キロ、78キロ、76キロといずれも80キロもない。

「ちょっとくらいの重量差は大丈夫や。押し込まんでええねん。ぴちゃーっと貼りつくような、相撲で言うたら寄り切るようにブロックしてほしいねん。あいつらの動きさえ止めてくれたら、俺が後ろから、ズバーンと突っ込んで撥ね飛ばしたる」

赤澤大樹は自信満々に言った。

「大樹、そのキープレーのおまえのダイブで、相手の第一線、西口や片桐らを撥ね飛ばしたとして……」

野村は、大樹が書いたプレイブックを見ながら言った。

「それでも、まだ2ヤードにも足りへんな。目標のワンプレーで5ヤード以上の獲得まで少なくともあと3ヤード。問題は次の第二線。北摂大学の守備はうちとおんなじ4―3守備やから、三人おるラインバッカーの真ん中のミドルラインバッカーは、たしか背番号53の倉橋。あいつのところに、おまえが到達してなんとか5ヤード取れるかどうかやろ」

「倉橋か。ふん、あんなへぼ」

大樹は鼻で笑った。

「あのラインバッカー、そんなへぼか？」

市川さんが大樹に聞いた。

「倉橋なんか全然大したことないですわ。ちょろいです」

「ん？　あ、そう言えば、大樹、おまえの双子の兄ちゃん、北摂大学のマネージャーやったなあ」

市川さんが今気づいたように言った。野村も、もちろんそれは知ってはいたが、意識から飛んでいた。

「そうです。兄貴も高校まではプレーしてたんですけどね。鎖骨けがして選手やめましてん。ほいでも、お互いそんな意識なんかないですし。家でもそんなにしゃべらんし」

「北摂大学の連中も直接知ってるんか」

野村は、大樹に今まで聞いたこともなかった質問をした。

「ああ。この倉橋や、それに片桐とかも時々うちに智樹を訪ねて来るからな。俺は別に友達ちゃうからそれなりに挨拶する程度やけどな。

倉橋は俺ら兄弟と同じ高校やってん。あいつは野球部やったけど。うちの兄貴とは高校から仲ええんや。しかし、なんちゅうか、俺は、あの倉橋は嫌いやな。ま、それはどうでもええ話やな」

野村は心の中で噴き出しそうになった。挨拶する程度って……。こいつが挨拶なんかするはずがない。きっとメンチ切って自分の部屋に閉じこもってるんやろう。

「なんかあったんか、その倉橋と」

「いや、なんもないです。ただあいつ見てたら昔からむかつくんです」

大樹は、その倉橋という男のことを思い出したのか、ちっ、と舌打ちした。テーブルの上の握り拳をさらにぐっと握ったようにも見えた。

「ダイブでうちのセンター丸橋が右か左へダブルブロックに行ったら、俺は、倉橋とのタイマン勝負。とにかく、俺が倉橋を試合でぶっ飛ばしたる。絶対にスクリメージラインから5ヤードの位置にセットしている――」

と大樹は言いながら、アライメントの中の倉橋の位置に赤のサインペンで丸を付け、自分の位置から赤丸まで一直線を引いたあと、赤丸の上に×を書き、さらに「殺」と付け足した。

「俺があんなへぼに負けるわけあらへん。市川さん、俺は入替戦まで、うちのラインの連中を殴ってでも蹴ってでもやらせますよ。

とにかく！　センターからクォーターバック、そして俺。このセンターライン、真ん中真っすぐ、真っすぐ！　あとたった二週間足らず。これを磨いて、絶対に勝ちます。来年の秋は、うちは一部で戦いますよ」

大樹は倉橋のことをまた「へぼ」と言った。しかし、目は笑っていなかった。

野村は、改めて隣の大樹を見た。大樹は、年々すごい体になってきた。いつも着るものにはこだわらない彼は、今日は、洗濯を重ねてグレーが白色に近くなったトレーナーを着ていて、薄くなった生地が体にぴったりと張り付いている。耳たぶから真っすぐに肩につながっている太い首と、そこからの胸板の盛り上がり、上腕二頭筋の逞《たくま》しさは異様ですらある。筋肉の圧力が伝わってくる。

野村は、相手のラインのど真ん中に、スピードを一切落とさずに躊躇《ちゅうちょ》なく突っ込む、体重90キロ近いランニングバックを大樹以外見たことがない。どのランニングバックも恐怖心のためか、人の壁に突っ込む直前に多少はスピードが落ちるものだ。あるいは、微妙に走るコースを変えてかわそうとする。

大樹には恐怖心のかけらもないし、自分からディフェンダーに強烈に当たりに行っている。たまに衛星放送で見るアメリカの大学生選手でも、体重90キロを超えたランニングバックは『重量級ですね』と解説者に言われている。日米の体格差を考えると、大樹のような重いランニングバックは、今の日本の大学生選手の中でも最重量クラスだろう。

日本では多くのチームはラインの頭数は揃えておきたいと考えているから、大きいやつはその適性は無視されて、とりあえず「ラインやれ」と言われるのだ。

〝でかくて、運動能力が高い、走れる男〟はうちだけじゃなくて、ラグビー部やバスケ部、格闘技系の部でも、経験や技量は別にして、喉から手が出るほど欲しいのだ。鍛えたら未経験者でもなんとかなるやろ、と。とにかく、体育会でもそういうやつの絶対数が足りないのだ。

少人数軽量級のうちのチームで、なぜこいつはこの体格でランナーとして生き残っているのか。

それは大樹が「俺はランニングバック以外絶対やらへん」と言っているからだ。監督、コーチですらその意見を尊重している。そんなワガママが四年間通る選手は大樹しかいない。

それはともかく、大樹だけはどのチームに行ってもやっていける選手だ。性格もとんがっていてアグレッシブで、どんなプレーでも大樹は、思いっきり喧嘩腰《けんかごし》に当たってくる。フットボール向きといえばこんなフットボール向きなやつもそうはいない。練習でも大樹のヒットを受けるのは恐怖だ。エグい当たりをかましてくる。そして、協調性も社交性も低い大樹は、チーム内で異彩を放っている。こいつを怒らせたら、タダでは済まない。

本来は、主将になるような男ではない。後輩の面倒見も皆無だし、優しく指導することもない。俺の背中を見てついてこんかい、と言っているような昭和のタイプだ。

ただ、何をするにせよ、大樹には誰も逆らえないから、いつも彼のペースでこれまできつい練習が実践されてきた。結果、二部リーグで優勝したのだから、こういうキャプテンシーの形もあるのだと、野村も他の部員も一応納得はしている。

野村は、大樹と同じレギュラーの攻撃チームでクォーターバックだから、日々の練習でも彼のヒットを浴びることはない。しかし、こいつがもし、例えば守備のラインバッカーだったら、野村はスクリメージなんか怖くてできない。被害者にならなくてよかった、こいつが味方でよかった。心底そう言えるやつだと野村は思っている。

トレーナーの下は、膝頭が薄くなった紺に白の三本線のジャージのパンツ、白のキャンバスのローカットは、ずっと踵《かかと》が踏まれてスリッパのようになっているし、赤いリュックのベルトやチャックは、ところどころ糸がほつれている。野村はこんなブランドもぐちゃぐちゃな貧乏じみた格好をして外を歩くことは絶対にできない。丸刈り頭の修行僧にも見える。

一説によると大樹はパチンコの「海物語」が大の得意で、月十万円は稼いでいるとか。また、一説によると、その金を十三《じゅうそう》のストリップ劇場通いでいつも使い果たしているとか。しかし、その真偽は誰も知らない。少なくとも十三駅近くの老舗和菓子店のぼんぼんには見えない。

赤澤大樹が、北摂大学の倉橋和也を目の敵《かたき》のようにする理由は知らない。しかし大樹が、入替戦の対戦相手が兄ちゃんのチームだからといって、やりにくいとか、嫌やとかの気持ちが露ほどもないことがわかった。そんなナイーブなやつではないことはわかっていたが、改めて確認できた。大樹は勝つためには、たとえ兄を踏みつけても勝とうとするだろう。

野村は、大樹がチームの中でいつも以上に鬼になって、ラインの選手たちを、市川さんに彼が言うとおり殴ってでも蹴ってでもやらせる様が、簡単に想像できた。大樹にとっては、うちのラインの連中なんか、痩せた自分の子分としか思っていないだろう。ラインのやつらが不憫《ふびん》に思えてきた。

そう思ったとたん、野村は突然背中にゾクッと悪寒が走ったような気がした。いちばんしっかりしないといけないのはクォーターバック、この僕だ。野村は自分が市川さんに提案すべきことを、大樹に代わりにされたような気もした。

二部リーグ戦で成功してきたパスプレーが、次の試合ではほぼ使えないことはわかっている。これは、いくら選手層が薄いからといっても高宮、西田に続くレシーバーを養成してこなかった自分の責任でもある。たとえ見かけはウィッシュボーンであっても、マスターするのが困難なトリプルオプション抜きであれば、特別新しいことをチームにインストールする必要はない。バックスと、ラインのタイミングの微調整がうまくいけば、なんとかなる。今からなら、ギリギリ間に合うかもしれない。

京阪大学はパスのチームだ、と相手が決めつけていれば少しは慌てさせることも期待できる。とにかく、現状のままでは戦えない。その視点が自分には欠けていた。大樹に言われたのは気に食わないが、これをやるしか自分たちには道がないように思えてきた。

野村淳一は、このミーティングでの自分の言動を大急ぎで頭の中で巻き戻した。

——僕は、高宮らのけがを言い訳にしなかったか。大樹の提案に後ろ向きな発言はしなかったか。一瞬でも無理無理って顔をしなかったか。弱気の虫を見せなかったか。市川さんは大樹の提案にいろいろ言ってはいたが、否定はしなかった。大樹の熱い勝利への執念を、市川さんは意気に感じ評価したんだろう。性格が違いすぎる二人の方向は同じだった。同じ方を見ていた。では自分は？

もちろん勝利を目指している。戸惑いは言った。言ったかもしれない。しかし、それは後ろ向きな発言ではなかったはずだ。最初に大樹に制された。あれは意見の相違だ。では、自分が言った意見は方法論の違いだけか？　意欲に差はなかったか？　何がなんでも勝ったる、そんな大樹のような意欲は自分にあったか？

野村は、二人から置いてきぼりをくらった気がした。

僕が市川さんなら、戦力差の現状を冷静に見た上で――自分から勝つための提案もしない、試合の前にもう目から闘志の炎が消えたようなクォーターバックに試合を託すことなんかできない。つまらない意地を張って大事なことを見失う、そんな奴は……。『そんなやつは失格や。顔も見たない。やめてまえ』と言うだろう。クォーターバックとして、いや、男としても、最大の汚点を残すところだった。ぎりぎりこのミーティングをやりこなした、と思う。

コーヒーをずるずると音をたててすすりながらも、眼光が鋭いままのこの男、この主将に僕はついていくしかない。

今日からの練習の修羅場が、野村淳一にははっきりと見えた。

倉橋和也　バイトに行く。

北摂大学の倉橋和也は結局、昨日は一日中どこにも行かず、ひたすら家で寝た。寝ただけでは疲れは取れないことは知っているが、精神的にも参っていた。

今日から練習再開で、朝からバイトもある。バイト先は、大学最寄り駅近くにあるガソリンスタンドだ。大学の近くでバイトができるというのが、何にもまして都合がいい。大声が必要な職場は、結構自分に似合っていると思っている。

頻繁にガソリンスタンドの構内に撒《ま》く水も、そろそろ冷たくなった。同じ北摂大学生の何人かがここでバイトをしている。倉橋も通常は夕方に始まる練習前に、昼前から三、四時間、週三回ほどここで働いている。時給は八〇〇円。高くもないが安くもない。しっかり働けば、月三万五〇〇〇円くらいにはなる。この金が倉橋の貴重な栄養費になる。

部員間でも経済格差がある。大学の近くに駐車場を借りて、毎日真っ赤なオープンカーで通学してくる高野昌彦のようなやつもいる。家からの小遣いに頼れない、毎日生きていくことに汲々《きゅうきゅう》としている倉橋にとって、このガソリンスタンドのバイト料が生命線である。といっても、実家から私大に通わせてもらって、体育会にいること自体が結構な身分だと自覚もしている。

　この日の上がりの時に「倉橋くん、帰りがけにちょっと寄ってな」と店長に呼ばれていた。

　倉橋は、十二時過ぎにタイムカードに打刻をして、着替えを済ませてから更衣所を出た。事務所の奥の右の角、小さな机の前の椅子に座ってタバコをふかして肘をついている店長に声をかけた。店長は吸っていたタバコをゆっくりと灰皿の上で消したあと、ため息をつくようにして言った。

「あんなあ、倉橋くんよう」

「はあ、なんでしょう店長」

「すまんけどな、あんたもう明日からずっと来んでええわ」

「……は？」

「そやからな。ず～っと来んでええねん。ごめんやけどな、辞めてほしいんや」

「えっ……。それ困りますわ。なんでですか」

「困るんこっちやで。あんた明日からまたシフト変えてくれってさっき言うてたやんか。もう堪忍してえなぁ」

　グラウンドを共同で使用するサッカー部やラグビー部は、リーグ戦が終わってシーズンオフに入った。だから、うちがグラウンドを午後からすぐに使えるようになった。入替戦キックオフ時刻の十三時に合わせて、練習開始時刻も十三時になった。決まったのは昨日月曜日の夜だ。よって、この入替戦が終わるまでの二週間、ここの昼前後のシフトには入れなくなった。

「店長、ほんまにすみません。今年うち入替戦でして。それで練習開始時刻が繰り上がったんです。僕も聞いたん昨日の夜でしてん。ほんまに急な話で僕もえらい迷惑ですわ」

「倉橋くん。言い訳はもうええねんけどな、十三時練習開始やったら、うちで今日みたいに十二時まで仕事して、昼飯食ってから行っても十分間に合うやんか。うん、ほんまもうどうでもええねんけどな。どうせあんた今日でクビやからな」

「十三時練習開始ですからね、店長、十二時前から前練習、これビフォー言うんですけど、それが始まりますねん。っていうことは、着替えとかテーピングとかありますから、十時には部室必着なんですわ」

「ふーん……って知らんがな。必着ってあんた、ラジオの応募ハガキみたいやな。なんや聞いたら、おたくら最近リーグの下のほう行ってもて、その入替戦かなんか知らんけど、今年こそもういくらなんでも二部落ちやろってみんな言うてたで」

「はは、店長、みんなってそれ、どこのどいつが言うてましたん」

「ああ、あんたそんなすごむなや。そんな怖い顔して手の指ポキポキ鳴らすなよ。誰でもええやんか。ふーん、毎日練習やっても全敗かいな。噂《うわさ》どおり弱いねんなあ、北摂大学のアメリカンは。いっつも遊んでるんちゃうか」

店長が欠伸《あくび》しながら言った。

関西ではアメリカンフットボールは『アメリカン』あるいはサッカーとは紛らわしいが『フ

ットボール』と、要するに上か下かで呼ばれている。『アメフト』とか『アメフット』もある。倉橋たち北摂大学アメリカンフットボール部は『西日本学生関西ブロック一部リーグ』の座を長年死守してきたが、リーグドンケツなら世間ではこう言われるのだと改めて知った。

だいたい、この一部リーグ、八校の中で生き残る大変さが世間はわかっていない。北摂大学にもリーグオールスター級の選手は数人いる。社会人でも選手を続けることが決まっている片桐秀平、背が高くて足も速い高野昌彦など。しかし、数人いたところで勝てるほどこのリーグは甘くないのだ。それを言うならば、二部や三部のチームでもそれなりに優秀な選手はいるだろう。遊んでるんやろ？　あほな。血反吐《へど》を吐く練習を重ねている。じゃあなんで勝たれへんの？

さあ……。総合力、選手層の厚さ、頭の良さ、体のデカさ、足の速さ、ボールを取るうまさ、経済力、学校の支援……言いだしたらキリがないし、言いだしたら言い訳言うなで終わる。しかし、本当は何が差なのか。倉橋たちも突き詰めて考えたこともない。

「その入替戦な、頑張ってえな。ほんなら倉橋くん、すまんけどそういうことで」

「そこをなんとか！　あと二週間だけなんです。店長お願いしますっ」

「ならんわ。ごめんな」

店長がまた新しいタバコを取り出して火をつけた。

またクビか。ここのバイトは半年ももたなかった。倉橋は、明日からまた金欠となる。急なグラウンド使用時刻変更に伴って、こちらの事情などお構いなしに明日の練習開始時刻が簡単に変わる。突然ミーティングが入ることもたびたびある。必須科目以外は授業にも出席できないし、明日入れていたバイトにも行けなくなる。断腸の思いでバイトの責任者に詫《わ》びの電話を入れる。むちゃくちゃ怒られる。こういうことが何度か続くとクビになる。世間では当たり前のことである。バイト先には申し訳ないと思うが、倉橋の一日の行動のすべては、チームの都合が最優先される。

店長は、でっかい黒縁の眼鏡をかけた肥満体形で、バイト連中は「でぶとんぼ」と内々で呼んでいた。見かけの割に気が小さいので、バイトといえども言いづらかった「解雇」を告げた後だからなのか、でぶとんぼは顔が緩くなって言い足してきた。

「その点、加賀くんはええで、ほんまに」

と、倉橋の方を向かずにつぶやきだした。

同じ大学の四年生の加賀雄一のことだ。加賀は、なんとかいうスキーサークルの部長をやっている。

「加賀のどこがそんなにええんですか」

「あの子は絶対シフト守るし。あ、これ、どこでも当たり前やけどな」

倉橋を見て、でぶとんぼが笑った。

「沈黙しますわ」

「それでな、お客さん受けもええねん。浅黒い顔で爽やかさ一〇〇パーセントやわ」

「べた褒めですやん、店長。僕も笑ってますよ。顔が黒いのは負けませんし」

「言うことがきちんとしてるねんな。やっぱりサークルの部長ちゅうまとめ役やってる学生さんはちゃうな」

「そうですか。店長ご迷惑をおかけしました。短い間でしたけどお世話になりました」

「ありがとうな。うちも今度から体育会の学生さんは注意するわ。見かけ倒しっちゅうのもあるしな、ほんま融通きかへんしなあ。ははは」

　周囲を見ると、もうひとりの同じ北摂大学のバイトのやつは知らん顔をして店長と倉橋の会話に聞き入っている。ここでは友達は出来なかった。加賀のせいで。どうせ入替戦で北摂大学が負けるわ、って噂を流しているのも加賀だろう。

　更衣所に戻って、ロッカーに入れていたバイト用のシューズやタオルを近くにあった大きな紙袋に詰めた。出勤前の加賀と敷地の外ですれ違った。気分がまた落ちた。

　長身でパーマ頭の加賀は、倉橋から視線をそらして構内に消えた。倉橋は加賀が大嫌いで、たぶん加賀は倉橋のことを倉橋の数十倍大嫌いだろう。しかし、なんであんなやつに目の敵にされるのか、こっちが情けない気分になった。

　入替戦が終わったら、年末に向けて他のバイトを至急探さねば。それまでは節約しつつ、あと二週間、入替戦に集中するしかない。

野村淳一　第二回ケープコッド攻撃サミットで。

午前十時、京阪大の野村淳一は昨日と同じ大学前商店街にある「ケープコッド」でコーチの市川さん、主将の赤澤大樹と落ち合った。

ホットコーヒーを飲みながら、野村が昨夜書いた二十数枚のプレイブックを、三人で確認し合った。基本のプレー数は多くはないが、相手守備の想定されるバリエーションを考えると、少し枚数が増えてしまった。

すべては『真ん中真っすぐ』、そして、そこにいる北摂大のミドルラインバッカー倉橋和也を攻略するためのシナリオだ。

「野村、北摂大学のミドルラインバッカーの倉橋、彼のブリッツ対策は？」

「市川さん、僕も何回かやられるのは覚悟しています。対策としては、倉橋が突っ込んできて空いたゾーンにタイトエンドを走り込ませて、ショートパスを投げます」

「倉橋も自分がブリッツする時は、空いた自分のゾーンは後ろの守備バックに任せるやろな」

「そうなると思います。でも、倉橋の後ろからですから、早いタイミングのパスには追いつかないと思います。そうしたら何度もブリッツを仕掛けてこないかと。実際にパスは投げなくても何回かフェイクをやると倉橋も気が散るでしょうし」

「うん。そうやってやりくりしていくしかないな」

「はい。それからもうひとつ。うちのラインの間隔をいつもよりも少し広くしたらどうかと思っています」

「ワイドスプリットか？　意図は？」

「まやかしに過ぎないかもしれませんが。間隔が広いと意外とブリッツしにくい、って聞いたことがあります。うちのセンターの丸橋には倉橋の動きを常にケアさせておいて、ブリッツしてきたら横から当たらせます。そしたら倉橋は簡単に横に倒れてまいます」

「まあ、いろいろ、と言っても日もないけど試してみよか」

「はい」

もうあとには引けない。うちには武器はこれ、『真ん中真っすぐ』しかない。これをやりきるしかない。手のひらに汗をかいた野村は、今頃から緊張してきた自分を感じた。

野村は、少し息を詰めて横に座る大樹に向き直って言った。

「大樹。ウィッシュボーンには僕も本格的に今日から取り組む。初めてやとか、慣れてへんとか、時間ないとか言い訳は一切せえへん。試合までに絶対ものにしてみせる。言わんでもわかってると思うけど、攻撃プレーは、今まで以上におまえにかかってるんやで。ほとんどパスなしやから当然やろ。おまえがボール持って走って、おまえが前走ってブロックする。おまえがしっかりやらんとうちは負ける」

大樹は顎を突き出してうなずいた。

「大樹、しつこいけど言うぞ。おまえの真ん中真っすぐのダイブ」

野村はノートに書いたアサイメントで、北摂大の守備選手の何種類かのシフトに対するセンター丸橋の動きを大樹に説明した。

説明したあと、体がぶるっと震えた。

「野村、あんまりアサイメントに凝るな。ダイブは速いプレーやから全員前の相手にぶち当たりに行く。シンプルに考えろ。まかせとけ」

大樹は、不敵な笑いを浮かべて野村を睨《にら》み返した。

野村は、肩透かしを食った気がした。意気込んだ自分が小さく見えた。おまえこそしっかりやれよ、と目で言われた気がした。こいつとは、悔しいけどスケールが違う。野村は、プレイブックを持つ手のひらに、さらにじとっと濃い汗をかいた。

倉橋和也　クビのあと大学まで歩く。

サークルの中には競技志向のサークルもあるにはあるらしいが、ほぼすべてのサークルの目的は男が女を漁る場だと北摂大の倉橋和也は断じている。倉橋はクビになったガソリンスタンドをあとにして、学校に向かう道すがら考えた。やつらが、女子に対して浮かべる欲望を隠しながらの「みんな仲良くしようね」的な薄っぺらい笑い顔は、大いに気持ちが悪かった。

スキーサークルのような、なまっちょろい組織の部長の加賀雄一など、倉橋は何の評価もしなかった。

加賀は「体育会は権威主義で封建主義で右で保守的や。なんで俺らの学費の一部が、アホな体育会の助成なんかに使われるんや」とガソリンスタンドの更衣所で何人かのバイトがいる中、倉橋の前で公然と、爽やかに言い放ったことがあった。

倉橋は、右も左もよくわかっていないから、この手の吹っかけにはとっさに応じる理屈が思いつかず、うるさいしばくぞ、といきなり手を出すわけにもいかないので黙るしかなかった。

そこにいたバイトたちは、目をそらしていたが、加賀が理知的、論理的で、倉橋は、体が少しでかいだけで頭も悪い、ただのでくのぼうに見えていたのだろう。次第に倉橋に話しかけるバイトもいなくなった。倉橋はあそこでは最初から浮いていたかもしれない。

加賀は、普段は倉橋のことなどことさら眼中にないように振る舞っていたので、その分、倉橋の加賀に対する憎悪は増大した。

——『スキーサークル』。夏は言うまでもなくこれらがすべて『テニスサークル』に衣替えをする。

彼らの夏休みの合宿地へのチャーターバスが北摂大学構内から出ることもある。校門を入って右にある経営学部の学舎の前に、木陰の車寄せのスペースがある。派手なラケットケースとスポーツバッグを足元に置いた男女が、ここに集まってチャーターバスを待つ。アイスキャンディーなんかを持ちながら、談笑する彼ら、彼女らの姿が目に浮かぶ。

正直言うと羨ましい。来るバスに俺も乗せてもらって、その輪に少し入れてもらって、どこでもいいから涼しいところで放り投げてほしい。数日間は誰も俺を探さないでください。そのうち戻ってきますから。その時はそっと迎えてください。妄想は、このくらい実現不可能なほどひとときの現実逃避になる。

倉橋は、炎天下に繰り広げられる灼熱《しゃくねつ》地獄練習の直前であり、連日まさに決死の覚悟で校門をくぐっている。キャッキャッとはしゃいでいる彼らとすれ違う時は、そのたびに静かな妬ましさと敵意を感じた。

北摂大学アメリカンフットボール部も毎年夏、彼らと同様にチャーターバスで校門から兵庫県北部の合宿施設に向かう。ただ、バスを待つ姿は天と地ほど違う。通常の学校でのいつもは

「はあはあ」と言っていた失神寸前の練習が、夏合宿を経たら楽しいレクリエーションのように思えてくる。倉橋らを支配する世界の中で、夏合宿よりも苛酷な日々はない。

部員を合宿地へと導く無情なバスを、倉橋たちは表情を無くして黙って待っている。これからの惨烈なる生き地獄の二週間を思うと、会話するエネルギーももったいない。

誰もけがをしない程度の車輌《しゃりょう》事故が起きて、合宿地到着が少しでも遅れないだろうか。途中のパーキングエリアで食べたもので、食中毒など起きてくれないだろうか。もちろんこれも軽度の腹痛程度で、そしたら二、三日寝ていられる、と願う。

「あほか、そんな不謹慎なこと言うな」と先輩の誰かに殴られて治療しなければならない、もありだ。当分練習しなくていい。そういう時は中途半端に殴らないで思いっきりやってください。

あれやこれやを考えているうちに、いつも予定どおり合宿地に無事到着する。無事到着した後は、予定どおり即練習が始まる。もうしゃばには戻れない。

三年前の春、倉橋和也は宝塚市内の私学の高校を卒業し、北摂大学経営学部に入学した。学生数は九〇〇〇人ほどのこぢんまりした大学だ。家庭の経済事情を考えると、浪人は絶対避けようと、安全圏内のこの大学を選んだ。同時に入ったアメリカンフットボール部は、昔は少しは強かったけど最近はなあ、と言われていて、実際そのとおりだった。

倉橋は高校まで野球をやっていたが、高校時代の赤澤智樹や大樹を見ていて、アメリカンフットボールには興味を持っていた。野球に限界も感じていた。倉橋は、高校野球で体験したしごき練習には辟易《へきえき》していた。「アメリカン」というほどだから合理的な練習をするだろうし、この競技は大学から始めるやつも多いと聞いた。

おまえは体力があるから絶対大丈夫や、と励ましてくれた当の赤澤智樹は、入部早々のけがもとでマネージャーに転向したが、倉橋はこのスポーツに懸けてみようと思った。大学正門での先輩の勧誘を、渡りに船とばかり、ちやほやされていい気になって入部した。

何事も見るのとやるのとは大いに違う。基本的に、アメリカンフットボールそのものがきつくてしんどいスポーツだ。重さ10キロ近い防具を身に着けて、思いっきり走って思いっきり当たる。

生まれて初めて防具を身に着けて練習してみると、自分が全力で疾走しているつもりでも、はたから見たら、「のろっ」と見られていることを知った。ダッシュしている最中に「倉橋、おまえジョギングしてるんかい」と先輩に言われた。練習を撮影したビデオを見てそのとおりだと知った。自分のあまりにスローモーな動きを見て幻滅し、意識とのギャップに当惑した。

ヘルメットのフェイスガード越しの倉橋の顔は、「しんどい練習の時ほど笑って見える」と言われた。鏡の前でヘルメットを被り、自分の顔を見て倉橋は認めた。

フル防具で何本もの長い距離のダッシュ練習になると、体中の酸素が急速に減って、乳酸がたまり、悶絶《もんぜつ》の表情になる。しかし、倉橋のそういう表情は、フェイスガード越しには「笑ってる」と見えるらしい。

「おまえ余裕あるやんけ」と言われて、「笑ろてるぐらいやから、もう1本走れ」とおまけを頂く。本当にしんどそうな顔はどうやったら出せるのか、鏡を前に考えてはみたが、それで練習が楽になることはないのでやめた。

倉橋は防具をつけて二週間後に対人の当たりの練習に参加した。そこで先輩の軽い当たりで吹っ飛んだ。

「おまえ、大したことないのう」

そう言ったその先輩の顔は、入学時に「倉橋くん一緒にやろうや」と言って、正門で熱心に入部を勧誘してきた顔とは違っていた。騙《だま》された気がしたが、入部を決めたのは自分自身だ。ただ、自信のあった体力も、ここでは大したことはないのだと悟った。

一年生の夏合宿のあと、倉橋は、ラインバッカーというポジションを得た。相撲の力士みたいに構えているのが、フットボールの象徴的かつタフなポジションである攻守のラインの選手たちだ。相撲も立ち合う際に、力士と力士の間に空間が出来る。フットボールではこれを「スクリメージライン」という。

プレーが開始されるまでは、このスクリメージラインに進入してはならない。ラインの選手が第一線とすれば、ラインバッカーは守備の第二線だ。

北摂大学は、通常この第二線に三人のラインバッカーを横に配している。その真ん中の、ミドルラインバッカー、通称マイクが倉橋の持ち場だ。敵チームのセンターの真ん前の、スクリメージラインから後方に3ヤードから5ヤードの位置に立ってセットし、この周囲に展開されるラン、パス攻撃への防御が第一の責任範囲だが、すべての攻撃に絡んで相手の前進を食い止める任務を担う、守備陣の中核的なポジションである。倉橋は、守備のキャプテンも務めている。

アメリカンフットボールは、戦術・戦略をどのスポーツよりも重んじる競技である、と世間では思われているが、うちは違う。倉橋は、うちの練習は他校と比べてかなり非合理的だと考えている。

「鉛筆なめなめして戦術なんか考える前に、しっかり走って当たらんかい。今のおまえらに、そんなもん語る資格なんかないわい」

というのが北摂大学指導者の主たる考え方だ。

体力的、体格的デメリットを、戦術・戦略で補うのは恥じゃ、という偏見によって指導された選手たちがOBとなり、コーチとなって悪しき思考が受け継がれる。これが実際の試合のどの場面に有効な練習なのか、よくわからないけれど、とにかく体力だけはひたすら消耗するようなメニューが、常日頃からコーチたちによって開発される。

ふくよかで、でぶっとして、入学当時は体重が100キロ以上あって、先輩たちから、

「超大型重量級ラインの誕生や。おまえは将来のオールジャパンや」ともてはやされたぶーちゃんたちも、一年間うちでの前近代的な練習を通じて、見るからにみじめな細っちょラインとなる。だからダイエットにはちょうど良い。もっとも、こんなにつらくてしんどいダイエット方法もない。

練習中に戦術について、コーチに質問した倉橋の同期のやつは、「こいつは俺に意見してきた」とコーチに思われたのか、「なにごちゃごちゃ言うとるねん、ボケ」と腹にパンチを入れられ、次の日に退部した。こんな場面を入部以来何度も目の当たりにしてきた倉橋たちは、コーチへの質問は愚かな行為なのだと思い込むようになっていった。

何事も染まっていくのは早い。まずはなんでも「はいっ」と言って受け入れる。これがここで生きていく鉄則である。コーチや上級生に殴られる、蹴られるのは倉橋たちも怖かった。しかし、入部後しばらくして、延々終わらない走り込みやブロック練習をさせられるほうが何十倍も恐怖だとわかった。殴られて気絶したほうが楽だ。

日本ではマイナースポーツのアメリカンフットボールだが、関西の大学スポーツ界では動員客数も多く、結構花形だ。しかしこれも大学による。

アメリカンフットボールといえばチアガールである。例えば、小規模私大に属する北摂大学にもチアガールはいるが、アメリカンフットボール部専属ではないので、シーズン中は野球部やサッカー部やラグビー部なんかの応援と掛け持ちになる。よって人員を割くのも当然強い部の順となる。

それが言い訳ではないが、ほとんど彼女たちと接触はない。というか相手にもされない。他の学生からの評判も芳しくない。構内を歩いていても特に「応援されている」と感じたことがない。体育会自体が疎ましがられている。

大学入学以来、秋のシーズンは2勝5敗の6位が定位置だったが、今年は全敗で最下位。不名誉な十五年ぶりの入替戦出場となったが、大してそれも話題にもされない。誰一人「大変やね」とか、「頑張って残留してね」とかは言ってくれない。その遠い十五年前は大差で入替戦に勝ち、残留を果たしたらしい。今年もそうなる。一部は俺たちの牙城だ。番人のごとくこの門を守ってみせる。二部落ちを予想している、ガソリンスタンドのでぶとんぼやスキーサークルの加賀の鼻を明かしてやる。

倉橋の勝利への信念は、相変わらず根拠がなく、そして揺らがなかった。


倉橋和也が、北摂大学前通りの「グリル若草」のカウンター席に着いてランチと焼きそばの小を頼んで間もなく、赤澤智樹がガラス扉を開けて入ってきた。昼のランチ客が一旦はけた店内は、他にボックス席に二人いるだけだった。智樹は、「おばちゃん俺も同じの」と言いながら倉橋の隣の席に座った。智樹に、「大樹と次の試合のことしゃべったか?」と聞いたが、「顔も見てへん」と予想どおりの答えだった。おっちゃんが、

「赤澤ちゃん、兄ちゃんとこと試合するってやりにくいやろ！　なあ！」

と、フライパンを煽《あお》りながら言った。入替戦の話を振ってくれるのはこの人ぐらいである。

「全くないない。で、おっちゃん、兄は俺やで。よー間違われるけど」

「体大きいし貫禄あったからあっちが兄ちゃんかと思ってたわ」

智樹は一度この店に大樹を連れてきたことがあったと言っていた。

おばちゃんが配膳してくれた。ボックス客もいなくなり、一仕事終わったおっちゃんが、小さな丸い椅子に座ってタバコをふかしだした。

「智樹。俺さっきバイトクビになったわ」

「またかいな」智樹が笑った。

「練習開始時刻、明日から変わるやろ」

「ああ、コーチと相談してな」

「それ、もうちょっとはよ言うてくれたら。……店長に『何度もシフト変えるな』言われてクビや。体育会を代表して嫌みも言われたし」

食べ終わるのに五分もかからない。

「コーヒー淹《い》れよか。インスタントやけどな」

他に客がいなくなったとき、時々おっちゃんはインスタントコーヒーをサービスしてくれる。

淹れてくれたコーヒーを飲みながらここに座っていると、大学の正門に向かう学生たちがよく

見える。おばちゃんが、

「倉橋くんも、赤澤くんの弟さんとは高校が一緒やったんでしょ？　仲良かったん？」

と、他のテーブルを片付けながら尋ねてきた。

「まさか、あんな変人と」

「変人って、あんた実の兄ちゃんの横でよう言うねえ」

「おばちゃん、こいつら昔から。どっちもどっち」

「智樹、そりゃないで……。あ、斎藤玲子」

倉橋は智樹の先にある窓ガラスを見て言った。

「気持ち悪い。じろじろ見過ぎやぞ、倉橋」

斎藤玲子はほんの三秒ほどで倉橋の視界から消えた。斎藤玲子は赤澤智樹をはじめ、北摂大アメリカンフットボール部に八人いるマネージャーのうちの一人だ。残像の中の小柄な斎藤玲子は、わずかに栗色《くりいろ》が入った髪をポニーテールにしていて、紺のPコートとピンクのマフラーがかわいかった。

「倉橋くん、あの子にほの字やもんね。ここでよう話題に出るし」

とおばちゃん。

「倉橋はロリで巨乳好きやから」

智樹がおばちゃんに言った。

「赤澤ちゃんも、あんなかわいい子がおんなじマネージャーやったらやりにくいやろ」

「んなあほな。あんなしょんべんくさい子供みたいな子」

智樹はそう言ったあと、

「ただ、不思議な子やねん。時々あの子のファンが増えるねん。魔性があるとかで。おれには理解できんけど」


斎藤玲子は、小柄だから他の学生たちに交じって大学前の通りを歩く姿は特に目立たないが、グラウンド上では輝きを増す。動きがテキパキしていて声もよく通る。練習と練習の間の移動がとろい選手は「ハリー、ハリー」と彼女にけしかけられる。時々「あの子は見かけによらずやけに気が強いわ」と嫌みを言うやつがいるが、気が強くないとマネージャーなんかできない、と倉橋は心の中で彼女を援護している。

マネージャーにも、練習日程、合宿、遠征試合の調整や準備と会計等を行う事務系と、テーピングやけがをした時の対応などを行うトレーナー系、対戦相手チームの偵察分析を行うスカウティング系、主にグラウンド上で練習進行の補助を行うグラウンドマネージャー系がある。

うちのチームは、選手もスタッフも全体的に小世帯なので、マネージャーもいくつかの仕事を兼ねてやっているが、斎藤玲子はトレーナー系とグラウンドマネージャー系の仕事を受け持っている。

フットボールにはけががつきものだが、けが人たちは家で静養、ってことはほとんどなく、暑い日も寒い日も雨の日も雪の日も、たとえ松葉杖をつこうともグラウンドの脇に立って練習を見学し、時にはボール運びとかの仕事もする。家で静養したほうが絶対に治りが早いと思うが、それは許してくれない。けがをした選手は、リハビリのことを斎藤玲子に相談し、グラウンドに出れば斎藤玲子の練習補助のお手伝いをする。必然的に、毎日斎藤玲子の近くにいることになる。

けがをする前は、特に斎藤玲子のことなど気にもしなかった連中が、二週間も三週間も彼女と一緒に仕事をすると、『ころっ』といく。しんどい練習をしている選手たちの手前、グラウンド上で斎藤玲子と、歯を見せて話をするなどもっての外なので、練習の進行上必要な言葉のやり取りでも、小さな声でこそこそっと話すことになり、これが秘めたる恋が始まった、とうぶなけが人たちは勘違いする。

斎藤玲子の横でボールを持ってあげたりすると、彼女は周囲にはわからないように前を向きながら小さな声で「○○くんありがとっ」とつぶやく。言われた○○くんは、必ず鼻の穴を膨らませ、顔を真っ赤にするのでよくわかる。

「○○くん、私が向こうから小さく手で合図するから、その時にこの笛を吹いてね」

と指示をされたら、秘密のブロックサインを受けとるような気になる。渡されたこの笛は、日頃彼女が使っている物なのか、と興奮もする。

しかし、選手とマネージャーの恋など北摂大学アメリカンフットボール部ではご法度だ。見つかったら先輩に怒鳴られるだけではすまない。悶々としながらも、毎日毎日彼女と会って会話をすることになる。

日頃、女子との会話が乏しい選手たちにとって、今までは視界にも入らなかった斎藤玲子が、いきなり望遠レンズに切り替わったようにズームアップして突然目の前に現れる。自分にかけてくれるちょっとした感謝の言葉が、気が強い女だと思っていた分、優しさと慈愛に満ちた鈴の音のように聞こえてくる。

改めてよく見ると、小柄でかわいいじゃないか、と。けがから復帰した選手の第一声が、「斎藤玲子ほんまかわいい〜」となる。マネージャーとは付き合えないことはわかっていても、そうなる。

しかし、これも数日経ったら何も言わなくなる。目が覚める。向こう側からこっち側に戻ってきたようで我に返る。勝手な妄想もきれいに消える。

しかし、その想いがうっすらとしたまま消えていないのが倉橋だった。

倉橋和也と赤澤智樹は勘定を済ませてグリル若草を出た。北摂大学前の駅に電車が着いたばかりなのか、二人は大勢歩いている学生の渦に入り、一緒に正門に向かった。

「倉橋くん！」

後ろから女子が声をかけてきた。岩下律子《いわしたりつこ》だ。倉橋に、倉橋くん！　と、くんの「く」に強めのアクセントを置いて呼んでくる女子は学内に彼女しかいない。と言うか、他の女子から声をかけられることはめったにない。

火曜の午後のゼミを取っている律子とは、この時刻に大学前の通りや正門近くでよく遭遇する。斎藤玲子とは違い、高校時代陸上の短距離選手だった律子は、今も走ったら速そうな体をしている。Gジャンの律子の横には、律子が部長を務める「スポーツマスコミ研究会」の一年後輩で小柄な高見宏太《たかみこうた》がいる。

「倉橋さん、赤澤さん、こんにちは」

高見はいつも礼儀正しくて、いつも律子の隣にいるから、倉橋は「おまえら付き合ってんの？」と律子に訊《き》いたことがある。

「あ〜りえへん」が彼女の返事だった。イギリスにも東京にも住んで今は西宮《にしのみや》に住んでいる律子は、時に変なイントネーションの関西弁を話す。律子が、

「最終戦はお疲れさんでした」

と、倉橋に言った。ちょっと口を尖《とが》らせて怒った顔をしているが、目は笑っている。

倉橋は二日前の試合後の律子のやじを思い出した。春も秋も、彼女はアメリカンフットボール部の試合を観戦している。スポーツ雑誌や新聞を研究している「スポーツマスコミ研究会」の活動の一環でもあるが、律子はフットボールをよく勉強している。

「あれはね、別に負けたから言うたんと違うの。しょんぼりしてる暇はないのよってこと。ねっ！」

岩下律子は、長い黒髪を肩にさっとかき分けながら、「これを早く言いたかったの」と言った。そして、倉橋の肩を軽く叩《たた》き、言うことを言った後は、いつものきれいな横顔に戻った。

四人で正門を通り過ぎた。

倉橋和也と赤澤智樹は、正門を過ぎたらそのままクラブハウスに向かうが、岩下律子と高見宏太は、左の坂の上の学舎に向かって坂を登っていく。

「ほんなら」と倉橋が手を上げたとき、「ねえ」と律子が言って倉橋たちを引き留めた。

「ねえ。おたくらの決起会やろうよ。今週土曜日の練習終わってからどうかな」

「律子、実は俺、今日バイトクビになって、ちょっと懐具合が」

「こっちが出すからさ。取材経費、としておくわ」

「えっ。おごり？　ほんまに？　そういう話やったら、ほんならなあ、ごちそうになるか智樹、ん？」

智樹は横で静かにうなずいた。

「じゃあ、いつもの十三のねぎ焼きで」

律子が手を振って坂に向かった。

「なんか俺、急に練習する気が出てきたわ。なあ、智樹。おごりやで、おごり」

智樹が倉橋の隣でため息をついた。

「おごりと聞いてすぐに態度変えるおまえにはあきれるわ。取材経費なんかあるわけないやろ。どうせ律子のポケットマネーや。律子の気持ちがわからんのか。泣けてくるわ、ほんまにおまえは……」

智樹の言わんとすることは倉橋にも少しはわかっている。頭が良くて、見栄えもする律子が、なんで俺なんかを気にするのか、倉橋自身謎である。

律子は高校一年生の秋、倉橋たちの高校に編入してきた。イギリスから帰国子女として編入してきた女子、というだけで律子は校内の注目を浴びた。最初、律子は赤澤大樹と同じクラスになり、二年生の時に倉橋と同じクラスになった。倉橋は席が近かった律子とごく自然に仲良くなった。

倉橋和也と赤澤智樹は、去年の夏、オフを利用して、彼女の家が持っている六甲牧場近くのロッジに一泊させてもらった。お母さんには分厚いステーキや、口当たりの良い赤ワインもごちそうになった。

証券会社に勤めている三歳上の律子のお兄ちゃんも、友達二人を連れて来ていた。柔和で話し方もゆっくりで、人生の余裕を感じさせる両親、反抗期なんか無縁だったろう育ちの良さそうな兄と妹、夏だけしか利用しないの、というこのロッジ。

倉橋は、十分に格差と居心地の悪さを感じていた。

「倉橋、何もかもすごいなあ」

智樹は倉橋に耳打ちしていたが、倉橋から見て、智樹の家も大きく見たらここと同じカテゴリーだ。

「智樹くんもゴルフするん？」

リビングで一緒にゴルフ中継を見ていた律子のお兄ちゃんが、智樹に聞いていた。

「ええ、たまにやります。ここの近くのゴルフ場で。うち会員権持ってるんです」

「うちも持ってるねん。また行こうよ」

お連れの友達二人もうなずいていた。自動的に、倉橋はそういった会話から蚊帳の外になる。ブルジョアと非ブルジョアは、まとったにおいが違うらしい。すかさず、商社で重役をやっているというお父さんが、

「倉橋くん、練習はしんどいやろうねえ。ん？　どないや？」

と当たり障りのない話を振ってきた。なんやねん！　この完璧な気の遣いようは！

神戸市長田区の小さな婦人靴メーカーで課長やっているおとんと、元町のビルの清掃のパートをしているおかん、短大卒で尼崎の信用金庫に勤める二歳違いの姉ちゃんのさくら。

今年で築三十年になる、駅から十五分歩く２ＬＤＫのマンション。中学校に上がる前に団地からここに引っ越した時は、確かに感激はした。姉ちゃんと共同ではあったが勉強部屋もあった。住宅ローンを組んだおとんを見直したもんだった。

しかし、どうやったら自宅以外にこんなロッジなんか持てるんやろう。どうやったら家族の会話で、オチを付けないで笑い合えるんだろう。「なに言うてんねん！」と、突っ込まなくてもいい会話が、なんで家のなかで成立するのだろうか。

どうして律子は、うちの大学を選んだんだろうか。もっとお嬢様っぽい、上品で賢そうな大学も他にあるし、律子なら行けただろうし。倉橋は、律子の自分への気持ちはなんとなくわかっていたが、だからといって応えよう、という気持ちは湧き上がらなかった。

これは家の格差から卑下しているわけでもなく、恋の興味の矢印は、ある時は斎藤玲子に向いていたり、他の女の子に向いていていた。うまいこといかんもんだと時々思う。

「と言われても、まあ、おごりはおごりやし」

振り返って遠くなった律子と高見の後ろ姿を見ながら、大樹とこうなった一因は、律子にもある、という確信が倉橋の胸に再び浮かんだ。

三年生の時、教室で律子と話しているところを大樹が遠目に見ていたことが何度もあった。自分以上に単純な大樹の気持ちはすぐわかった。大樹は、倉橋と律子が付き合っていると思ったんだろう。いろいろなことを勝手に想像して、勝手に倉橋を恨んでいる。とにかく大樹は屈折した男だ。とっつきにくいし、無口だし、不親切だ。つまらんことで誤解するならそれでもかまわへんし。

そう思った倉橋と大樹は、最初から反りが合わなかったが、さらに距離を置き、時に反目し合った。

主将の片桐秀平、副将の高野昌彦、一学年下のクォーターバック岡村健太郎、マネージャーの赤澤智樹、守備リーダーの倉橋和也によるリーダーミーティングで岡村は、「自分たち攻撃チームはタッチダウン３本を目標にしています」と言った。これは岡村だけではなく、コーチも含めて大方の考えであった。我々北摂大学の選手も大きくはないが、対戦相手の京阪大の選手たちはさらに小さくて軽い。「うちはパワープレーの比重を増やして前半は戦いたい、相手は体力差によって足が止まってくるだろうから、後半になったらショットガンからばんばんパスを投げたい、だから、どれだけ点数を抑えられるのかが勝負です」と岡村は続けて言った。

岡村の言うとおりだ。ラインの力量差は試合の行方を左右するいちばん大きな要因だ。ケアすべきは、クォーターバック野村からのワイドレシーバーの高宮、西田コンビへのパスプレーだが、

「俺ら守備ラインが、あいつら攻撃ラインのパスプロテクションを破って、強烈なサックを野村に何回も浴びせたるわ。そしたら野村もビビって投げられへんで」

と守備タックル兼任の片桐秀平が豪快に笑い、皆がそれにつられて「おー」とガッツポーズをした。

――俺の野村へのブリッツも忘れんなや。

倉橋は心の中で言った。倉橋は、こういう場で自分のブリッツが武器として話題にならないのが不満だった。倉橋は口をつぐんで腕組みをした。

大樹にもソロタックルをかまして、——どやっ‼　と言ってやりたい。

——これが一部リーグの実力じゃ！　おまえなんか一〇〇年早いわいっ！　も加えたい。いや、もっともっと！

入替戦出場、そして相手が大樹のいるチームということが、寝込むほど嫌だった倉橋だったが、学生最後の試合になったこの入替戦こそ、もしかしたらついに自分がスターになる試合になるのではないかと思えてきた。俺が大活躍して、北摂大学のこの窮地を救う。だから相手は大樹なのだ。そうか、そういう筋書きか。妄想が明確になってきた。

試合開始早々の京阪大学のプレー。大樹の突進を読み切った俺は、こないだの最終戦の相手の55番がうちの近藤勝也にしたような、いや、もっとパワフルな一撃を大樹の胸の背番号44辺りにかます！　大樹は、悶絶しながら倒れ、

「うっ俺もうあかん……あいつさすがや」と言いながら担架に乗って退場する。

残った相手の攻撃の選手たちは「やっぱりあの53番すごいわ……」と小さな声で言いながら恐怖の目を俺に向ける……。

敵チームの試合ビデオとプレイブックを確認したあと、「ほんなら終わろか」の片桐の言葉

と同時に、副将の高野昌彦が旅行会社の店舗から入手してきた、夏の合宿地近くの神鍋《かんなべ》高原のスキーツアーのパンフレットの山をテーブルに置いた。

「いくつか回ってもろてきたで。俺らも次の試合で引退や。積年の合宿の恨みを晴らしに行こうや」

ミーティングの内容が、オフのスキーツアーの件に変更された。最近の四年生の合言葉は「永遠のオフはもうすぐ」。今年は、例年以上に金が無いしなあ、と思った倉橋は、出世払いで姉ちゃんに金を借りよかどうしようか、と算段を巡らせた。また嫌みを言われるだろうけど、背に腹は代えられない。

倉橋和也は、ミーティング終了後、練習着に着替えて斎藤玲子のところに行ってテーピング台に乗った。いつものように、これから彼女に両足首と右膝にテーピングをしてもらう。

智樹と噂していた彼女がすぐ目の前にいて、倉橋は少し笑いそうになる。クリーム色のトレーナー上下姿で左足首にテーピングをしてくれている、少しうつむいた彼女を改めてチラ見すると、うっかりあの魔力にかかりそうになる。

「倉橋さん、どうしましたん？」

倉橋の何かを感づいたのか、斎藤玲子が子犬のような顔を上げ、舌足らずに言った。

「いや……べつに。斎藤……、いつもありがとうな」

倉橋は、焦って普段は言わないことを言った。

「倉橋さん、急に変ですねぇ」

斎藤玲子は、ふふふ、と無邪気に笑いながら言った。

――かわいい！　この気持ちにうそはない。

「今年はシーズンが長くなってごめんな。寒なったからな、斎藤も風邪ひかんように」

「うわー倉橋さんありがとうございます！　風邪には気をつけまーす。大事な試合の前に選手の皆さんにうつしてはいけないですもんね！　でも私、この仕事もフットボールも大好きなんです。そやから気にせんでいいですよ」

そう言って彼女はテーピング作業に戻った。

……マネージャーの鑑《かがみ》やな、この子は。

自分たちは、彼女に支えられている。彼女の魔性の正体は、彼女の母性ではないか。

倉橋を含めて、経験の少ない男はここに弱いのかもしれない。

しかし、選手は彼女をはじめとする女子マネージャーたちに醜態を晒《さら》しすぎている。とにかく練習は格好悪い。血と汗と涙と、ここまではまだいい。その上に、よだれと鼻水と、時には小便も、ごくごくたまに大きいのも、とにかく体中のいろいろなものを吐き出しながら練習をこなしている。かわいいマネージャーにいいとこ見せよ、なんていう余裕は持てるはずもない。

それでも、もし、限界まで追い詰められた自分の姿を知っている女子マネージャーが付き合ってくれたなら、これこそ怖いもんなしかもしれない。

「なあ斎藤、入替戦終わったら俺と付き合うか。どうや」

ぐらいの言葉が、倉橋の喉元まで来た。

目の前の、ぷにゅっとしたかわいい手を握りしめたくなった。

――「きみが卒業したら付き合おうね」「うん！　せんせい！　わたしうれしい！」

そうささやき合う男性高校教師と女子高生のテレビドラマみたいだ。

いやいや、倉橋和也と斎藤玲子とは、たった二つしか年齢が変わらない。童顔の斎藤玲子を見ていると倉橋は勘違いする。この手の顔に弱いことを、倉橋は自覚している。

倉橋が二十二歳で彼女はたぶん二十歳。選手とマネージャーは付き合ってはならぬ、というチームの不文律に縛られているだけだ。倉橋が引退したらその呪縛が解ける。

「それにしても引退早々ですかぁ、倉橋さん」という後輩からのひやかしは予想されるが、そんなもんは一時《いっとき》のもんだ、ビビってどうする。

来春に、倉橋が就職してからすぐ付き合って、それから彼女の卒業を待って――。こんなかわいい子が就職したら、そこの職場の変な虫がつかんうちに早めに――。

斎藤玲子にテーピングされながら全く違う映像を見ていた倉橋は、深く息を吸ってゆっくりと吐いて正気に戻った。

――あかん。ここは冷静にならんと。今、そういうこと言うのは延期。

妄想が熱い血となって倉橋の体中を駆け巡っていた。想いをぐっと唾と一緒に呑《の》み込んだ。

後ろに後輩が次の順番待ちで来た。この大事な入替戦の前に、最上級生で守備リーダーのこの俺は何をやってる。今頃こんなことを口にしたら、仕事に専念している斎藤玲子にも軽蔑される。

倉橋は、理性でこらえた。危なかった。テーピングは無事終わった。

倉橋和也　グラウンドの石ころになる。

北摂大学では、平日はコーチ陣は基本的にはグラウンドに指導に来ない。コーチ全員が、他に職を持っている、いわゆるサンデーコーチだからだ。しかし、絶対に来ないわけではない。時折来る。

コーチ以外のＯＢたちもたまに来る。リーグ戦で負けが込みだしたら、「おまえらを激励しに来た」と言うより「恐喝しに来た」という雰囲気で来る。

今日は平穏に終わりますように。

倉橋和也は、そう祈りながら少し急ででこぼこなグラウンドへの階段を下りた。

グラウンドに下りると、さっきの斎藤玲子がそばにいた時の心の動揺がうそのように無くなった。いつもながら不思議だが、試験の出来やリポートの期限やパチンコの負けや、そんなものもこの階段を下りてグラウンドで一礼したら、いつもとたんに霧のように頭から消えてしまう。

もう十二月。鼻から吸う冷たい空気が尖ったように肺に染み渡る。やりたくはないけれど、フットボールをするのにはちょうどいい季節だと思う。後期試験が終わり、身体が凍ってポキッと折れそうな二月から、桜の花びらと共に花粉が舞って苦しんだ春先と、暴れる太陽から怒るような殺人光線が放たれる夏。そして全敗してしまったシーズン本番の秋。

今年も長くプレーしているな、としみじみと思う。あまりいいことはなかった、とも思う。

この季節、ウォーミングアップにも時間がかかるが、体力の消耗度や、水の摂取量が夏から段違いに少なくなっている。倉橋和也は、ゆっくりとストレッチをして、スパイクに履き替えて、ランニングやダッシュを続けた。今日はビフォー練習はなし。各自でダミーに当たったりして身体を温める。

十六時。日が暮れるのも早くなった。ナイター設備に明かりが灯った。全体練習開始。今日は最初からスクリメージをやる予定だ。

「よっしゃ。ハドルや」

と主将の片桐秀平が立ち上がった。片桐のもとに全員が掛け声とともに走り、集まって小さな輪になった。

「二日前の試合でリーグ戦終了。今日は入替戦までの練習初日やね。ほんま今度の試合はうちのパス守備次第や。な、倉橋、守備重視でいくで」

「よっしゃっ！」

倉橋は大声で応えた。

「もう皆には伝えてるけど、明日から練習は入替戦キックオフ時刻に合わせて十三時開始。十三時前には各自アップを済ましとくように。ほんなら今日も頑張ってやっていこう！」

「おうっ！」

「最初は、仮想京阪大学攻撃対うちの守備レギュラー。ええなっ！」

守備陣はレギュラーがラインナップした。仮想京阪大学攻撃といっても、ショットガンを使う北摂大学と基本の攻撃システムが同じなので、再現度の高い効率的な練習が期待できる。倉橋らは守備も作戦が立てやすい。

始まったスクリメージでは、レギュラー守備チームが仮想京阪大学攻撃チームを圧倒した。倉橋たちラインバッカー陣のブリッツが何度も決まる。

京阪大学パッシングタイプのクォーターバック野村淳一は実際はどうか。野村は、真ん中からラインバッカーのブリッツが入った場合、こちらから見て右にフェイクのステップを踏んだあと、左に逃げる。そのままオープンサイドを走るのか、あるいはサイドラインを切るのかと思わせながら、攻撃タックルの後ろくらいの位置から少し下がってパスを投げる。追い詰められたとしても何度か走るフェイクをしたり、くるっとロールしながら空いているパスターゲットを素早く探す。ラインバッカーや、加勢した大柄な守備タックルたちは、野村のこの小気味いい縦横無尽な動きに翻弄され、バランスを崩して自ら倒れてしまう……。野村は、これをあざ笑うかのように、見つけたフリーのレシーバーにパスを投じる。

倉橋たちは、京阪大クォーターバック野村淳一のこの一連の動作を、今秋の二部リーグでの彼らの試合ビデオで確認した。なめらかな動きで力のロスがない。ダンスを踊っているように、野村はこれをこなしていた。

体勢が乱れてからも、野村はパスターゲットを確定させたら左側の肩、肘をその方向に即座に向けることができる。ビデオを見ていると、リリースの人差し指の最後の一押しの音が聞こえるようだった。スパイラルが効いたボールを投げているようにも見える。

サイドラインに逃げたり、投げ捨てをする場面が少ないのも野村の特徴だ。なんとしても投げようとする姿勢から、彼がよほどパスに自信があることが窺《うかが》える。野村が走らないのは、あえて走ろうとしないのか、走る能力がそれほどないのか。いや、どこのチームでもクォーターバックのけがは死活問題で、それはうちや京阪大学のような選手の替えが利かないチームはなおさらだ。うちのクォーターバック岡村健太郎もめったな場面では走らない。

結論としては、とにかく野村はパスだけだと考えてもいい。

強気のクォーターバックは、崩れだしたら一気に崩れて独り相撲をやってしまうのも、定石の考え方だ。なんとしても、野村をパニックに陥れたい。

仮想京阪大学攻撃チームも真剣にやっているのだが、それでもパスもランも通らないということは、入替戦では実際の京阪大学攻撃に、北摂大学守備陣が打ち勝つシーンが期待できる。

油断めいた空気が出だしたら、いつもは大声を張り上げて喝を入れる主将の片桐秀平も、今は黙って見ている。片桐自身も守備レギュラーとして練習していることもあるが、たぶん彼も、仮想京阪大学攻撃陣が手を抜いていないことがわかっているからだと思う。

練習は1時間半を過ぎて水飲み休憩になった。他のクラブもいないから、辺りはシンとして気持ちいい。今日の練習はいい雰囲気だ。

シーズン開幕後、負け続けるとチームの空気は悪くなり、いろんなことが麻痺《まひ》してくる。倉橋和也は守備リーダーだから、きつい練習中でも明るく振る舞ったり皆に声をかけることを心がけてきたが、チーム全体の沈殿した気持ちを振り払うには力不足で、そういう頑張りもしんどくなって気持ちが切れやすくなった。どんな努力も、勝利には結びつかない虚《むな》しさを感じていた。

チーム内では敗戦のきっかけとなったプレーをめぐり、その検証ではなく、責任のなすりつけ合いが毎試合後の練習であった。学年が上の選手は、簡単に下の選手をボロクソ言うが、言われた下の選手たちは裏に回り、その先輩たちをけなし合う。そういう空気はごくごく自然にチーム全体を包み込む。

そうした雰囲気の中での練習は、とてもつらい。

逆に言うと、チームに活力をもたらすのは一勝なのだ。

しかし、0勝7敗という結果に、もうチーム全員が吹っ切れたように見える。

「いつも、こんなふうに気持ちよく練習ができてたら……。ひょっとしたら全敗はなかったかもな」

水を飲み終えた三年生のラインバッカー佐久間拓也が、片膝を地面に立てながら独り言を言った。聞いていた周囲に笑い声が起きた。佐久間が言うとおり、こんなムードで練習を重ねてきていたら、少しは勝ちを拾えたかもしれない。少々遅すぎたが、こうなったら仕方ない。すべては後悔だが、今日の皆の顔は明るい。あとはやるだけだ。京阪大に勝つだけだ。勝てる。いや、絶対に勝たないといけない。入替戦とはそういう試合だ。

いつかは後輩たちがこの季節に、学生の頂上決戦、甲子園ボウルに向けての練習をしていたら、と思うが、ため息が出るほど夢のまた夢だ。

いずれにせよ倉橋たちはもう引退だから、最後に与えられた試合で勝って、笑って去りたい。自分たちの学年は、責任を果たしたい。

「ハドルッ！」

再び片桐が大声を張った。休憩していた全員が、片桐のもとへ走った。

「よしっ。次は、うちの攻撃レギュラー対仮想京阪大守備を40分。それから10分クールダウン。キッキングの確認をして、明日からに備えて今日は1時間後にはちゃんとグラウンドを出よう。集中してやろっ！」

「はいっ！」

片桐の指示に、リーグ戦中には聞いたことがなかったような、皆の威勢のいい返事が響き渡った。

すぐに攻撃レギュラーチームと、仮想京阪大守備チームの二つに分かれた。その他の選手やスタッフたちは脇にそれた。攻撃レギュラーチームのクォーターバック岡村健太郎が、いつものようにいくつかのボールを後輩たちに持たせ、一つ一つボールを手に取りながら空気圧を確認し、これから使用するボールを選ぶ作業に入った。

他の選手は、水飲み休憩で少し固まって冷えた体を元に戻すように、屈伸や軽く選手同士で肩を合わせている。

「よし、いくぞ！」

やる気に満ちた声がそこらから聞こえる。

「えっ？　あっ」

小柄なキッカーの井谷馬木也《いたにまきや》が、胸の前につけた右手の人差し指を上の方に向けて、半分口を開けて恐怖の目をした顔だけを倉橋たちの方に向けながら、小さく声を上げた。

それを見た倉橋たちは、井谷馬木也の人差し指と同じ向こうの方向を見上げた。倉橋たちが練習しているグラウンドの周りを囲む土手は、上の方で細い道路につながっている。そこを白いライトバンが、ゆっくりと走っているのが見えた。

白いライトバンのドア周りには、赤色の太いラインがめぐらされていて、そこに白い字で『ライト飲料』と横書きされている。グラウンド上に緊張が走った。

全員が息を殺し、目を凝らして『ライト飲料』の文字の横に書かれているに違いない車輌番号を探した。『ライト飲料』と書かれた白いライトバンがこのグラウンド近くにいることで、悲劇は近いが、もしやということがある。『ライト飲料』という会社も、営業マンが一人ではないだろう。しかし、井谷が落胆して言った。

「車輌番号『No.04』、見え……ました……」

ライト飲料に勤めるOB、薮村《やぶむら》さんの営業車と確定した。そこにいた選手たちが、口をあんぐりと開けて茫然《ぼうぜん》とした表情を見せた。

薮村さんは四十歳手前くらいで、学生時代、当時の西日本リーグ随一の熊ほどのでかさと強さを誇ったラインだ。比較的歴史の浅い北摂大学の中では、この人こそ伝説の選手である。同時にうちのOBでも一、二を争うくらい喧嘩っぱやくて性格が悪い。この人に睨まれると体全体が縮み上がる。スポーツが人格形成には役立たない一例である。

薮村さんは、卒業後も社会人リーグで活躍し、社会人選抜にも選ばれた。選手引退して、今から五年ほど前にライト飲料に転職したらしい。薮村さんは、土日の営業が忙しいからとコーチ就任を固辞し続けている。永遠に固辞し続けてほしい、と倉橋たちは切望している。

しかし、薮村さんは平日思い出したように仕事中に来られる。来られたら最後、倉橋たちの練習は終わらない。薮村さんには、チームで事前に決められた練習メニューの消化など全く念頭にはなく、練習終盤からいきなり走り込みになる。それが終わったら延々とブロッキング練習が続く。

皆が棒立ちになった。「今日は終わった……」何人もがそうつぶやいた。

主将の片桐秀平は、グラウンド入り口を背にして、小さめの声で、

「みんな、もう覚悟しよ……。とにかく元気出すぞ。うるさいくらいにわめいて練習するんやぞ。辛気臭いのが薮村さん、いちばん嫌いやからな」

皆にそう言った。倉橋は皆の顔を見た。血の気が引いているやつもいた。

グラウンド入り口の上辺りの道路の端に車を停めた薮村さんが、エンジンを切って車を降りた。ドアをバタンと閉める音や、チャリチャリとキーがこすれる音が、静まり返ったグラウンドまでの、冬間近の乾いた空間に響く。

近隣住民のふりをして携帯から「ライト飲料の車に迷惑駐車されて困ってます。場所は……」と警察に電話するとか、直接ライト飲料に電話して、「お宅の図体どでかい営業マン、北摂大学グラウンド辺りで油売ってますよ」とチクればどうか、など部員全員、本気で薮村さん対応策を検討してきたが、いざとなったらできないものだ。

どんくさい部員が電話をして、向こうからこちらの身元を問い詰められて、もしバレたとしたら……。そしてすべてが薮村さんに知られたとしたら……。

想像するだけで血の気が失せる。その時は本当に殺されるかもしれない。実行する勇気が持てないでいた。

皆黙って目の前の現実を見ていた。たったたったっ。巨体には似合わない軽い足取りで、左胸

に「ライト飲料」と白糸で刺繡《ししゅう》された紺の営業用ジャンパーを着た藪村さんが、グラウンドまでの階段を、ほいほいほいほい、と言いながら駆け下りてきた。熊がグラウンドに足を踏み入れた。

「こんにちはっ！」

全員一斉に挨拶をした。藪村さんは、倉橋たちから離れて立っていたマネージャーの斎藤玲子を手で呼んだ。藪村さんからの指示を受けた斎藤玲子が、選手たちを振り向いて大声で叫んだ。

「片桐さんっ、みなさんハドルですっ」

「はいっ。ハドルや」

片桐が覚悟の声を上げた。全員藪村さんのもとにダッシュして、藪村さんを囲んだ。藪村さんは、選手全員を睨み回した。顎ひげを生やした藪村さんは、動物園で見た本物の熊に見える。このハドルの中でも高さも幅もひときわデカい。サラリーマンのくせに、首にはピカピカの太い金のネックレスをして、ガムをくちゃくちゃ嚙んでいる。こんなやつをなんでライト飲料は雇ってる⁉

「おうっ。お疲れさん」と藪村さんが大声を上げた。そして話しだした。

「先週の日曜の試合で今季全敗が決まったわなあ。片桐、試合終了は何時やった」

「はっ、えっと……。キックオフが十三時でしたんで……、試合終了は十五時過ぎ、やったと思いますが、それが……は……」

「試合会場何時に出たんや」

「はっ……、シャワー浴びて……十六時頃、やったと思い……ますが」

横の片桐のおろおろさが伝わってきて、倉橋は胸が苦しくなった。

「大学に何時に戻って何時間練習したんや」

「えっ……」

戦慄の線が張られた気がした。試合後、梅田の地下街で倉橋らと一緒に餃子を食って、ビールを飲んで壁にもたれて泣きながら寝ていた片桐は答えに窮した。

「練習休みは月曜日やなあ、いつもはな。ほいでも、昨日の月曜日、休んだりできんわなあ、全敗までしてや。片桐、昨日は何時間練習したんや」

「……」

「ミーティングは何時間したんや。おい」

「……」

片桐はついに黙ってしまった。

「片桐、まさかおまえ、二日酔いして家で寝てたんとちゃうやろな。ん？　どないやねん」

それは私です。倉橋は心の中で言った。薮村さんは、全部お見通しだ。そして、薮村さんの目が、かっと見開かれたのを見た。

「全敗の全責任は片桐、おまえら四年生にある。おまえらの必死さが足りんかったんや。リーダーシップがなかったんや。わしゃ恥ずかしいわい。おまえら責任取れ。勝って信頼取り返せ。京阪大みたいな素人田舎もんチームに負けたら承知せんぞ。のほほんと引退なんかさせへんぞ」

「はいっ！」

京阪大が田舎もんで素人集団だと思ったことはないが、誰も何も思考せず、大声で返事した。藪村さんは腕組みをしながら片桐を睨んだあと、顔を上げて後ろの列に視線を投げた。とたんに、後ろ全員の息が止まった気配がした。

「四年生はこんな情けないけどな。岡村、ほか下級生は、来年も一部リーグで戦うんやで。来年以降は上を目指せ。そのためには、入替戦まで死ぬ気で練習せえ」

「はいっ！」

倉橋の後ろにいるクォーターバック岡村が、ひときわ緊張した大きな声で返事をしたのがわかる。

「京阪大の連中に一部リーグの実力を見せつけたれ。落ちたらもう上がられへんぞ」

「はいっ！」

「ええかっ。根性入れて相手押しまくれっ」

「はいっ！」

「よっしゃ！　全員でダミーチャージダッシュや！」

「はいっ！」

返事をするやいなや、全員がダミーが置いてある場所にダッシュした。

「なんでもかんでも！　ありったけ持ってこんかいっ！」

藪村さんが、仁王立ちして吠えた。

高見宏太　梅田で律子とパフェを食べる。

「彼、そんなに気落ちしてなくてよかったわ」

高見宏太は、ゼミと「スポーツマスコミ研究会」の打ち合わせが終わったあと、岩下律子と梅田で途中下車して阪急百貨店の中にある喫茶店に入った。

出版社に就職が決まっている律子が、就職活動の時に使った参考書や資料を高見に譲ってくれた。高見も来年は同じ業界に、できれば律子と同じ会社に就職したいからだ。律子からは面接や試験のことなどもアドバイスをもらった。

高見宏太は夕食前だったけれど、パフェを頼んだ。それを食べながら、ホットコーヒーを飲んでいる律子に聞いた。

「彼って誰ですの？」

「だから、倉橋くんよ。入替戦出場はわかってても、リーグ最下位かブービーかで気分はだいぶ違うでしょうし」

「ハハハ、そんな律子さん、あんなノー天気な人が気落ちなんかしませんよ。ああいういい加減な人が最上級生にいるから、うちは最下位になった、とも言えますけどね」

「高見くん。いつも君は倉橋くんに手厳しいね。それも陰で」

「あ、絶対に言わないでくださいよ、倉橋さんには。すぐ暴力振るうから」

「暴力ってこと、ないと思うよ」

「ええ、まだ今のところは僕も実害はないですけどね。体育会の人間はとかくすぐ腕力に訴えてきますからね。そもそも倉橋さんは考え方が甘いんですよ、それからチームの人たちも。

自分たちは一部リーグだって、偉そうにして謙虚さがないんですよ。ほんとはむちゃくちゃ弱いくせに。それに格下や体育会以外の人間には横柄なんです」

「まあ、そういうとこもあるかもしれないね」

「律子さんも、あの倉橋さんだけはやめてくださいよ」

「なんのことよ」

「だから、男としてですよ。まさか、付き合おうなんて思ってないでしょうね」

「……」

「えっ……」

「そうじゃなくて。そんなこと、考えたことなかったからびっくりしたんよ。高校二年生から一緒だから」

高見は、律子に対して恋愛感情はないけれど、大事な先輩だから変な男に引っ掛かってほしくない。あんな倉橋さんなんて論外だ。高見はそう思っている。しばらく律子から就職についてのアドバイスが続いた。

「じゃあそろそろ帰ろうか」

いつものように律子は注文書を取ってさっと立ち上がった。

倉橋和也　もがき苦しむ。

最近購入したての紺の硬いダミー、ところどころ破れて雑巾やテーピングテープで補修している年季の入ったダミー、太いダミー、細いダミー。黄色いのや茶色のやら十数本が横一列等間隔に並んだ。それぞれを一人が地面に立てて持っている。

「よっしゃ始め！　10ヤード押しまくれっ！」

ダミーから5ヤード離れてセットした選手が次々に前のダミーにぶち当たる。

「おりゃっ！」

ダミーにぶち当たったままの体勢で足を掻《か》いて10ヤードダッシュする。ダッシュし終えたら、ダミー持ちと交代する。グラウンドにいる選手は四十人程度だから、一つのダミーに三、四人くらいしかいない。だから、すぐに自分の順番が来る。

「うおっ〜」「う〜が〜」

次第に基本のフォームが崩れてくる。足腰がふらつき、体が起き上がってくる。ダミーへの当たりの威力が落ちて、頭から地面に突き刺さり、背中が曲がった格好で当たってしまう。その姿勢で走る。これではダミーを押せず、ひどく疲れる。

「フットボールの基本はぶちかましじゃ！」

薮村さんのだみ声が鳴り響く。なんとかダミーを押して、グラウンドの端まで行くと折り返しになる。ダミー持ちの力加減で、当たるほうの負荷が変わる。そういうところも薮村さんは見逃さない。ダミー持ちがダミーをちょっとでも地面から浮かすと、

「ダミー持ち！　しっかり踏ん張らんかい！」

と、走りながらダミー持ちのケツに蹴りを入れる。

「はいっ！　すみませんっ！」

蹴られたダミー持ちは、すぐに膝をしっかりと曲げ、腰を落として重石《おもし》のように動かなくなる。次に当たるやつは、ダミー持ちの姿勢を見て舌打ちをする。当たってもなかなか前に進まない。動かないダミーを見た薮村さんは、次は当たる選手のケツを蹴りにいく。

「足掻かんかい！　ダミーを前に押さんかいっ！」

押されては蹴られ、押さなければまた蹴られが繰り返される。全身汗と泥にまみれ、だらしなく口を開けてむさぼるように呼吸をする。それでも体内の酸素が足りず、目がうつろになってくる。薮村さんの背中が見えれば、その時が休憩時間だ。声だけ出して動きを止める。そうでもしないと続かない。

「倒れるまでやらんかいっ！」

薮村さんの大声がグラウンドに響き渡った。

「倒れるまでやったらええんじゃ！」

全員の足腰がふらつき始めたとき、

「倒れるまでやったらええんや、ちゅうてるやろ！」

と再び薮村さんが怒鳴った。何往復したかわからなくなったとき、二年生の小柄なバックスの野沢《のざわ》草《しょう》太《た》が倒れた。

倒れるまでやったらええんや！　と言い続けていた薮村さんが、嬉々とした表情で野沢のもとまでダッシュして、

「おまえ～！　なに倒れてるんじゃ！」

と怒鳴りながら、女子の太ももぐらいありそうな太さの腕で、野沢の胸ぐらをつかみ、野うさぎのごとく軽々と引き上げた。

引き上げられた野沢は気を失った顔をした。はたから見ても、あの顔は、野沢の苦し紛れの「演技や」とわかった。

――森の中で熊に出会った時には、死んだふりをしなさい。

野沢はこれを今ここで実践しているのか。薮村さんは、

「ぼくちゃん、寝たらあかんで、寝たら。わっはっは～」

と大声を出して笑いながら、野沢の頬を往復ビンタした。そして、恐怖で目を見開いた野沢の体をひょいっと自分の肩まで担ぎ上げた。

「お、ま、え、は、ほんま、役、者、や、のお～、のお～」

藪村さんは、仰向けになった野沢草太を自分の肩の上に乗せて、上下に揺らしながら歌うように言った。

「あわ、う〜」

野沢のうめき声が聞こえた。

――ア……アルゼンチン・バックブリーカー。

倉橋和也は、時折テレビで見かけるこのプロレスの大技を、グラウンド上で見ることになるとは思わなかった。倉橋自身が、気が遠くなりながらもそのシーンを見て背筋が凍った。倒れても地獄、倒れなくても地獄。野沢をポイと地面に放り投げた藪村さんは、振り向いて言った。

「おまえらっ！　どー見ても気合が足らんわいっ！　全員防具脱がんかいっ！」

選手たちは、大急ぎでヘルメットと上半身の防具を脱いだ。

「『はいはい』でグラウンド回れっ！　はよせえっ！」

この号令とともに、全員四つん這いになって赤ちゃんのように「はいはい」して、グラウンドを回った。藪村さんは「背中が高いんじゃ！」と言いながら脇腹を蹴り、「腰が高いんじゃ！」とケツを蹴った。

――一周したら、これでおしまいでしょ……藪村さん。

倉橋は心の中でそう念じながら、涙目で藪村さんを見つめるが、藪村さんの「ほれほれ」の一言で淡い願いが打ち砕かれる。

「しっかり！　頑張れ！　頑張れ〜　が〜んば〜……」

グラウンドの外から赤澤智樹や斎藤玲子をはじめ、マネージャー全員が大声を出しながら泣いている。

――そやから……。言わんこっちゃない。今日もまた、俺はこんな姿を斎藤玲子に見せている。

さらに時間が過ぎていった。その間、薮村さんのズボンのポケットの中の携帯の呼び出し音を三回ほど聞いた。倉橋はそのたびに心の中で叫んだ。

――は、よ、はよ仕事に戻らんかいっ！

汗と涙で遠くに霞《かす》んで見える薮村さんが声を張り上げた。

「よっしゃ！　全員ハドルじゃ！」

――もうあかん……。今度こそ終わって……。

倉橋たちは最後の気力を振り絞って、薮村さんのもとに走った。

「片桐！　しっかり練習できた、そう思たら今日は上がってえぞ」

「……は……あ……」

――得意の禅問答の始まりか。それとも何かを深読みすべきなのだろうか。

主将の片桐秀平がもし「そしたら上がります」と返答すれば、

「おんどりゃ！　片桐、ほんまに上がるんかい。それでええんかい、おまえは！」とこれを理由にして、「その根性、わしが叩き直したる！」と、また無茶苦茶な練習を全員にやらせる罠《わな》ではないか。性格がひん曲がっている薮村さんなら、十分あり得る。この人の根性こそ、闇夜に紛れて叩き直してやりたい。

片桐は「ほんまにそれでよろしいんでしょうか……」と言いたげな体勢でまた固まっている。過去、片桐は同じポジションの薮村さんにひどくかわいがられている。見せしめとも思えるほどひどくだ。親には絶対に見せられないようなシゴキだ。それでも彼は今、狼狽《ろうばい》しながらも部員全員の先頭に立って薮村さんに対している。主将とは、孤独でつらい役目だと倉橋和也は同情する。

「……はい」

片桐が、消え入りそうな声で迷いながら答えた。

「ほお。ほんなら片桐、はよ上がらんかい」

——頼む、片桐、ちゃんと答えて……。倉橋は自分の念を必死に片桐に送った。

「本日は、ご指導いただき、ありがとうございましたっ！」

片桐の代わりに、倉橋の反対側にいる高野昌彦が副将らしく大きな声で返事をした。薮村さんは高野に向き直り、こう言った。

「明日から午後すぐ練習やろ。仕切り直せ。ほな。わし、仕事中やし」

薮村さんはあっさりとそう言ったあと、さっと片手を上げながら踵《きびす》を返して入り口に向かい、また、たったたっ、と軽い足取りと、ほいほいほい、の掛け声で階段を駆け上がり、グラウンドから出ていった。

倉橋たちは全員、上体は腰からお辞儀をしたまま、目だけを上に向けた。薮村さんが白いライトバンに向かって歩き、車に乗り込んでドアを閉めてエンジンをかけ、ゆっくりと始動させ、少し道幅が広くなったところで何回か切り返してUターンをして、またぐるっとグラウンドの周りを回って、さっき来た方向の見えなくなる彼方《かなた》まで行ったことを息を凝らして確認した。

「ふほ〜っ」

呼吸することをしばらく忘れた後のような、大きなため息がそこらじゅうで起き、何人もがグラウンドの上にへたりこんだ。

――今日はこのへんにしといたるわ。

倉橋は、薮村さんの声が耳のすぐそばで聞こえたようで体が震えた。

野村淳一　充実した練習をこなす。

「レディ、セット、ハット！　ハット！」

かがんだ京阪大学のクォーターバック野村淳一が大きな声でコールする。二回目のハットの「ハ」の音に反応したセンターの丸橋祐輔が、ボールを勢いよく野村の手にスナップする。野村は次の瞬間、野村のすぐ脇を低い姿勢で突進してくる赤澤大樹の腹にボールを当てる。大樹のダイブプレーへのハンドオフだ。

大樹はボールを、野村から受け取るというより「もぎ取る」。そしてさらにトルクを上げて、攻撃ラインが漏らしてタックルに向かってきた守備ラインやラインバッカーにぶち当たる。大樹の、低くて弾丸のような当たりをもろに受けた相手は、「うっ」と低いうめき声を漏らして、タックルもできずぐっと押し戻される。

マネージャーが急いで笛を吹いてプレーを止めた。大樹は倒れなかった。6ヤードは進んでいる。大樹が提案した、クォーターバックの後ろに三人のバックスを従えるウィッシュボーン隊形を試して三日目になる。

「大樹、試合前や。そんなに思いっきり当たるな」

コーチの市川さんが大声で叫んだ。試合前に味方を潰してどうする、という指示だ。選手数が少ない京阪大学ならではの指示だった。放っておいたら、負傷者が増えて試合ができなくなってしまう。市川さんは、当たり負けした守備ラインにも喝を入れた。

　このダイブプレーが次の入替戦のキープレーだ。大樹はこれで5ヤード取ると言っている。単純に二回続けばファーストダウン更新になる。そうなれば、野村淳一は試合の組み立てが格段に楽になる。野村も取れそうな気がしてきた。

　この数字は大樹にとって大げさではない。大樹は、二部リーグ戦でも平均このくらいは走っていたからだ。しかし、その時はうちには強力なパス攻撃があった。ラン一辺倒の攻撃で、一部チームの北摂大学相手でもやらないといけない。

　ロングパスは、ヒットすれば数秒でタッチダウンになるが、成功率も低い。今、野村たちが取り組んでいるプレーは地道なランプレーだ。泥臭いけれど最もフットボールらしいプレーだ。高校時代からショットガン隊形に慣れ親しみ、パッシングクォーターバックとして成長してきた野村淳一にとっては、基本に立ち返ったようで、そして新鮮だ。

　ダイブプレーは、一瞬のプレーだ。センター丸橋祐輔のボールスナップ、これを受けたクォーターバック野村からランニングバック赤澤大樹へのハンドオフが、それぞれほんの少しでもタイミングがズレるとすべてが台無しになる。他のランニングバックとは別格の、鋭くて強い大樹だ。コールをする野村も、ひときわ緊張する。

　野村自身もここに悪戦苦闘している。センター丸橋からのスナップを受けてからの動作、いわゆるボールエクスチェンジにだ。野村は丸橋の両足の間に手を入れる。そして、コールを出しながら右手の甲を上に向けてボールがスナップされるのを待つ。丸橋はスナップした直後にダッシュしてブロックに向かう。野村はスナップされたボールと共にさっと後ろに体を引く。この動きがピッタリ完全に一致しないと、プレー展開のスピードに大きく影響が出る。スムーズに、スムーズに。おかんが、お好み焼きをひっくり返すようにスムーズに。

野村はこれまでは、ショットガンが主体だったため、この練習量は高が知れていた。

野村を見ていた市川さんが言った。

「プレーが遅なるのも問題やけど、いちばん怖いのはファンブルやで。慣れるしかないけどな」

「はい、市川さん、ほんとそれを考えると頭が痛く……」

——あ、また僕は弱音を言いだした。

野村はやるしかないと自分に言い聞かせて言葉を引っ込めた。

絶対に、絶対にファンブルだけはするなと、野村は自分に命令した。クォーターバックがファンブルを連発したら試合が壊れてしまう。そして、僕は、大樹に殴られる……。見渡しても大樹がいちばん分厚い体をしている。大樹の体重は88キロ。おまけにどのラインよりも当たりが強い。

『軽くて弱いラインと、重くて強いランニングバック』

——どんなけ「いびつ」やねん。うちのチームは。

野村淳一は自嘲気味に苦笑いした。相手を突き刺すような当たりの強さとスピード、体力、そして精神的タフネス。大樹のようなやつがあと五、六人うちのチームにいて、それぞれがラインやラインバッカーをしてくれたら。そしたら一部リーグでもなんとか戦える。野村はそう確信している。

赤澤大樹は「ラグビーのモール攻撃のようにやるんや」と言っていたが、うまい表現だと思う。内容はもちろん違うが、全員の力を結集して、全員で押してボールを進めるんや、という精神的なことを大樹は言っているのだ。

うちのラインが大樹が言うような相手のラインに貼りつくようなブロックをして、動きを止めさえすれば、大樹は第一線をかっ飛ばし、北摂大ラインバッカー倉橋和也と対決する。そしてもちろんあいつをぶっ倒す。彼はそう考えているのだ。

「今度の試合の勝利はおまえらの当たりにかかってるねん。おまえらがうちを一部に上げるんや。おまえらがヒーローになるんや。頼むぞ！」

大樹は、丸橋祐輔たちラインのプライドに訴えるように彼らを鼓舞していた。

さすがは主将だ。野村は少し彼を見直した。こういうセリフも言えるのだと。そうは言っても、みんなは大樹の言葉にビクビクしているが、大樹の怖さはこんなもんじゃないと野村淳一は知っている。大樹のマグマが爆発するのは、試合の最中であってほしい。野村はそう願った。

倉橋和也　ねぎ焼きを頬張る。

四日前の、突然の薮村さんの出現による体中の筋肉痛がようやく癒えてきた倉橋和也は、赤澤智樹と一緒に十三駅で降りてねぎ焼き店の前に来た。岩下律子が手招きしている。律子の横には、いつものとおり高見宏太がいる。ここは席の予約NGだから、十分ほど待って入店した。大きな鉄板を囲むようなU字形のカウンターの端に、倉橋和也、岩下律子、赤澤智樹、高見宏太の順に四人が座った。

「私と高見くんは飲みまーす。ごめんね。と言っても倉橋くん、こないだの最終戦の後、梅田の餃子屋さんで飲んで酔っ払ってたって、ちょーっと聞いたけど」

倉橋は端でにやける智樹を睨んだ。

「律子、今日俺、食べることに集中するからな、すまんけど会計よろしくな」

律子は、「はーい」と言いながら、普段倉橋たちでは頼まないハイデラックスねぎ焼きを二つも注文した。

さすがは律子、豪勢！　倉橋は「律子、ついでに帆立貝玉も」とお願いした。

「ちょっとは遠慮せえよ」智樹が軽蔑の眼差しを浮かべた。

店のにいちゃんは、大量のねぎを片手でつかんで鉄板の薄い生地の上にドバッとのせる。手際があざやかでみとれる。美味《おい》しそうな匂いとともに、鉄板前のにいちゃんのオンステージが始まった。

ビール一杯で顔を赤くした高見が、

「赤澤さん、次の入替戦の相手の京阪大学に赤澤さんの弟さんいますよね」

と聞いてきた。

赤澤智樹は素っ気なく「ああ」と答えた。

「大樹くんは大樹くんで、智樹くんのいるチームとの試合はいろいろと複雑な思いがあるんじゃないの？　でも次の試合は高校時代の四人が二つに分かれて、一緒に試合会場にいるっていうのもなんか変な気がするね」

岩下律子が言った。

倉橋はそういった話には無関心なので、最初の宣言のとおり食べることに集中していた。

「大樹くんがフットボールにのめり込んだきっかけ、私、昔聞いた覚えがある」

「ああ、リギンズね、リギンズ」

赤澤智樹が律子に言った。倉橋もその話は知っている。ＮＦＬ好きな先生が高校にいてビデオテープをよく貸してくれていた。

第十七回スーパーボウル。ワシントン・レッドスキンズ対マイアミ・ドルフィンズ。倉橋は高校生だった頃智樹の部屋でそのビデオを見た。

ワシントン・レッドスキンズの背番号44のジョン・リギンズっていう体重１００キロを超えるランニングバックが、もうタフでタフで。リギンズは一発や二発のタックルでは倒れない。相手のチームの選手もスタッフも、いや観客もが次もリギンズだ、次もリギンズがボール持つ人だってわかるくらいプレーはバレバレやのに、彼は何度も何度もボールを持って走りに走って、そして勝利した。当然のごとくＭＶＰ。大樹はあれから背番号を44に変えた。それからず～っとランニングバック一筋。

——単純すぎる。脳細胞が筋肉。エキセントリック。他になんの趣味もない男。思い込みが激しすぎる。

確かに感動的な試合ではあった。しかし、天と地ほど離れたＮＦＬの選手に、そこまで憧れてプレーする気持ちが倉橋にはわからない。

「倉橋くんにはいないの？　そういう憧れの選手は」

律子が聞いてきた。「そんなもんおらん」と倉橋は即答した。倉橋は、リギンズに傾倒している大樹の姿をそばに感じ、試合への気持ちが高ぶった。

入替戦は戦力的に見ても自信があるが、四日前の薮村さんの喝を受けて、最終学年として初めて挑む入替戦の重圧を今頃ずしっと感じた倉橋たち四年生は、「もし負けたりでもしたら」と練習後に部室で語り合った。

——俺らの学年は二部落ちのＡ級戦犯になるな、永遠に。

――ＯＢ会にも入られへんかもしれん。別に入りたいとは思わんけど。

――ほとぼりが冷めるまで、数年間は試合も観にいけんわ。怖いＯＢには会いたない。

――ＯＢが多いとこに就職するのも考えもんやな。もう遅いけど。

――俺ら、飲むときは大阪の果て地でこっそり会おな。

――藪村さんらに見つからんように、卒業まで家に閉じこもる必要もある。

最後は「うちはヤクザ組織か！」と引きつった笑いで終わった。しかし、ほぼ本音だ。あの日の藪村さんが、いつにも増して迫力があったからだ。

「のほほんと引退なんかさせへんぞ！」

そう叫ぶ狂気の藪村さんに、グラウンドで追いかけられる夢を何度も見そうだ。

リーグ戦は一生懸命戦った。しかし、例えば審判の笛が鳴る前にプレーを勝手にやめた、気を抜いてしまった、すぐ諦めた、という場面は、振り返れば自他ともに数多くあった。淡白で集中力を欠いた代償が今、重圧として返ってきたのだ。死んでも、というのは大げさだが、そのくらいの覚悟を持って試合に臨まなかった、やりきっていなかった代償だ。

今こそ、ほんまに死んでも勝たないといけないのはわかっているが、倉橋自身もチーム内も、なんとなく、今ひとつ切迫感が足りないように感じる。

「もし入替戦に負けたら部の補助金も減らされるだろうし、それから来年も再来年も一部リーグに上がれないとしたら、推薦入学の枠も減らされるのは確実やね。ハンドボール部が去年そうなったし。倉橋くんたち念願の専用グラウンドの話も立ち消えになるんちゃう？」

岩下律子が言うと、高見宏太が言葉を添える。

「律子さんは、ハンドボール部の広報も手伝ってるんです」

「まあ、それじゃあ、気分変えて、面白い話しようかな」

律子が左右を見て言った。

「私ここ来る前に、ＨＥＰファイブぶらぶら歩いてたの。もうすぐ冬のバーゲンだしね。コートとか見に。欲しいのは真っ赤なフード付きのダウンコートだけどー。あ、そこでね、意外な子に会ったよ。誰やと思う？」

男三人が全く興味がなさそうな顔をした。

「なんと洞口《ほらぐち》くん！　あの洞口くん！」

「ほ？　ああ、洞口か」

倉橋と智樹が言った。律子の前触れの割に面白くもない話に、二人とも真顔に戻った。

「洞口って誰です？」

高見が聞いた。

「洞口っちゅうやつはな……」

倉橋が口を開いた。洞口隆《たかし》は、倉橋が大学受験の前年の夏休み、梅田にある予備校で開かれた夏期講習で一緒だった、たしか尼崎市内の高校から来た男だ。その夏季講習には智樹、律子も参加していた。

「高見くん、その洞口ってな、くっくっく……思い出したら笑うわ。牛みたいにでかくて顔も大きいてニキビぶつぶつで。見るからに暑っ苦しいやつで。夏やから白いTシャツと白い短パンはいて教室に来て『おっ、おれ……』言う姿がまるで放浪の画家の……」

「阪神大学でフットボールしてるって言うてたわ、洞口くんが」

と律子が言った。

「はあ～？　うそやん。あいつ、陸上で砲丸投げやってたやん」

洞口が阪神大に進学したのは知っている。もう一度、洞口の姿を思い出した。ぶっさいくなやつだったが、まさしく砲丸投げをやっていたという尻周りのでかさと腕の太さだった。

「もうすぐ甲子園ボウルだって。だから倉橋くんらとはだいぶステージが違うけどね。ほんと牛みたい。前よりもっとものすっごい体してたよ、洞口くん」

律子が笑って言った。

「なんで洞口がフットボールやろ」

「阪神大の陸上部に入ったのは確かなの。だけど、なんでかなあ、陸上では芽が出なかったのか、アメリカンフットボール部からしつこく誘われたんかどうかは知らないけど、三年生からフットボール選手やて言うてたよ」

洞口が三年の秋までにアメリカンフットボール部に入部したとして、それから今年の秋まで、うちとは二回対戦している。少なくともレギュラーのメンバー表には洞口の名前はなかった。彼のポジションは……。攻撃か守備のタックルだろうな。他はないだろう。

「あのぶーちゃん洞口め。関西の大学フットボール界に来て、この俺様になんの挨拶も無しかいな。今度会うたらしばいたる」

倉橋は高見に親指を立てた。

「倉橋くん、君がしばかれちゃうよ」

律子が笑った。

「それから彼女連れてたよ。付き合って三か月だって」

「うっそ、あの洞口に」

倉橋和也は箸でつまんでいた、小さなイカを床に落としてしまった。豚肉でなくてよかった。

「その彼女を見て、私さあ、びっくりしたよ」

「そんなぶっさいくやったんか。言いすぎやで律子」

「残念ながら倉橋くん、逆よ。めちゃくちゃかわいくて。みなさんも知ってる子」

「それ誰よ！」

男三人が反応した。へへ。律子が笑った。俺たちが知ってる？　うちの大学の子？

「もったいぶるなよ、律子はよ言え」

「ふふ。まさかの安藤《あんどう》ルコちゃん！」

倉橋は豚肉を箸から落としてしまった。

――夏の練習休日前の日曜日の夜、倉橋和也は赤澤智樹の部屋によく泊まった。八月の毎週この日の深夜に、関西のグラビアタレント大勢が「ピンクハート大水上運動会」というのを、どこかの屋外プールでやっていて、その中継番組を智樹と一緒にビールを飲みながら観るのが楽しみだった。

倉橋の家にはリビングにしかテレビがない。なんと言ってもいちばんのお楽しみの種目は騎馬戦で、その時、騎上に乗るうちの一人が、この安藤ルコだった。安藤ルコは、阪神間にある女子大の二年生で、全国的には全く売れてはいなかったが、倉橋たち周辺の評価はすこぶる高かった。

胸はデカくて、腰がくびれていて、色白の顔も、分厚いタラコくちびるも悪くない。ただちょっと気品が無いだけだ。おつむも良さそうには見えないが、裏を返せば、野性味と色気があふれているとも言える。インタビューされても「ギャハギャハ！」とか「エ〜！　ウソ〜！」とか笑うだけで、文法がまとまった言葉を聞いたことがない。彼女はいつ見ても、発情している雌牛のオーラのようなものをまとっていた。

水上騎馬戦では、必ずおきまりの胸ぽろりシーンがある。そこで、安藤ルコは毎週やってくれるのだ。これ、何週分も録画撮りか？　と智樹と議論した。毎週水着も替わっている。いや、そんなことはどうでもよかった。この日もほんの一瞬だったが、期待どおりやってくれた。毎週毎週やってくれる安藤ルコ。

安藤ルコは、ずり落ちたブラを、片腕で押さえながらも、最後まで騎馬戦を戦った。戦いぶりも立派だった。顔は、恥ずかしそうに、またうれしそうにも見えた。戦いを見終えた倉橋と智樹は、両手を上げて喝采した。今週もこれで幸せに終われる。

こんな魅惑的な子があんなことして、親は黙っていないのか、彼女は将来無事にお嫁に行けるのか、と心配までしてしまう。日頃、阪急神戸線で通過する阪神間に、あのちょっとふしだらな安藤ルコがいるのだと思うと、倉橋はいつも電車の中で鼻息が荒くなった。

「あ、あの安藤ルコと付き合ってるんですか、その洞口って人は」

高見宏太が鼻の下を伸ばしながら、岩下律子に尋ねた。

「洞口くんがそう言っていて、隣で安藤ルコちゃんも笑ってたからね。『私は洞口くんの彼女よ』って認めたってことよ」

安藤ルコを連れている洞口隆の、暑苦しく、いやらしい顔つきが簡単に想像できる。他にもいろいろ想像できるが、えずきそうになったのでやめた。

「うわ倉橋くん、いやらしい顔してる！　も〜っ！」

律子が倉橋の肩を叩いて言った。

「あの洞口に、なんで安藤ルコなんや」

倉橋は悔し紛れに言った。

「阪神大でアメリカンやってます、っていうブランドちゃう？　私も阪神大のアメリカンの男子やったら付き合ってもええ〜かな〜な〜んて、な〜んて」

岩下律子は少し酔って倉橋を見た。

——阪神大学アメリカンフットボール部員のモテる男のヒエラルキー。

安藤ルコは、その頂点にいる主将、副将、クォーターバックと、いい男を手当たり次第に上から手繰っていき、みんな彼女がいるから諦めたあげく、最下層の洞口に行き着いた。

倉橋和也は、そう考えるようにした。安藤ルコの肢体を想像しながら、隣の律子を見た。

安藤ルコと斎藤玲子と岩下律子。三人のうちから一人と付き合えるとしたらどう考える？

安藤ルコの野性味は律子にはないが、律子は理性的で清潔感がある。

斎藤玲子のぷよぷよしたかわいさは律子にはないが、律子はスラッとしていて何を着ても似合うし、何より賢い。律子は同年代の割に世間をよく知っているし、冷静だし、世話好きだった。安藤ルコと斎藤玲子。ひき分け。

倉橋はにいちゃんに頼んだ。

「オムそばよろしく！」

「それあと二つ！　それからビールもお代わりお願いしまーす！」

律子が調子良く言った。

入替戦の観客席には、律子が座る。大樹もそれはわかっている。自分の応援でもないことはわかっているけれど、それだけでも喜びそうなのがあの男だ。

倉橋和也はおしんこを頬張りながら、

――ぐちゃぐちゃにとどめ刺したる。

そう誓った。

野村淳一　倉橋を叩きつぶせ！

京阪大センターの丸橋祐輔、両ガードの大溝照雄と原沢裕志、大樹をはじめとするランニングバックたち六人の呼吸が激しい。ナイター照明のもと、彼らの吐く息と、体からの湯気が夜空に霧散していく。

全体練習終了後のクォーターバック野村淳一たちのアフター練習が1時間以上続いている。主将の赤澤大樹の言う「真ん中真っすぐ」の攻撃を担うのが、このメンバーだ。自分たちがへこたれたらうちは惨敗する。

「丸橋！　しっかり走って当たれ！　前を向け！」

とりわけ重要なのが体重が80キロもないセンターの丸橋だ。大樹は足も速くない丸橋に何度もゲキを飛ばした。彼のブロックで開いた中央の走路を、大樹や他のランニングバックス陣が後ろからアタックする。走路といっても幅の広い道があるわけではない。ほとんど選手の体の壁、真っ平らな壁だ。敵の選手と激突して、丸橋が打ち勝ったら出来るわずかな隙間めがけてバックス陣が頭から突っ込んで突破する。丸橋が負けて隙間が出来なければ壁に激突して押し返されるのだ。ひるんだら負けの根性勝負がダイブ攻撃だ。

野村はラインの間隔が広いワイドスプリットを提案したが、ダイブが続けば相手守備も中央に寄ってくる。じゃあ攻撃は相手が手薄な外に展開したらいい、とは実戦では簡単にいかない。それとて、ダイブが成功しての話だ。考えがぐるぐる回るが、結局はこのダイブだ。これを決めていかないと勝機はない。中途半端が最悪だ。とにかく長いパスがうちにはないのだ。

大樹は、実戦で北摂大の倉橋がいる位置に、「53」と背番号が書かれたジャージを着せたダミーを下級生に持たせて体当たりダッシュの練習を繰り返している。ダミーを持つ下級生の目が怖がっている。大樹は丸橋やバックス陣に向かって叫んだ。

「ここ！　53番まで走れ！　そして、ぶっ飛ばせ！」

何回も倒されたダミーは土で真っ黒になっている。

大樹のゲキがヒートアップしてきた。次の試合は倉橋のいる位置がベンチマークだ。地道に何回も何回もファーストダウンを更新していって、あいつらの攻撃時間を食い潰す。ロースコアで勝ってみせる。野村淳一も「倉橋まで、倉橋まで」と何度も何度も呪文を唱えた。

倉橋和也　大樹からチョコスナックをもらう。

日曜日の練習後、北摂大の倉橋和也は、マネージャーの赤澤智樹の部屋で今日の練習ビデオを見ることにした。智樹の部屋にはビデオ機が二台あって、とっかえひっかえ効率よく見ることができる。

阪急梅田駅から神戸線に乗って二つ目のここ十三駅は、智樹と知り合うまでの倉橋にとって未知なる場所だったから、初めてここで降りた時のことはよく覚えている。ピンクや黄や赤の、いろいろな意味を込めた猥雑《わいざつ》な看板が雑然と立ち並び、酔っ払いたちが朝から行き交い、路上で寝ている人もいた。この雰囲気に最初は緊張した。なんでもありの雰囲気が充満していた。汗と、アルコールと、アンモニアが混じったようなにおいが漂い、街全体がタバコの煙のせいか灰色でモワッと霞んでいた。恐る恐るではあったが、近づいてみると優しさと人情味を感じさせてくれるのもこの街だ。

十三駅西口を出て大きな交差点を渡り、アーケードが続く商店街を数分歩くと、赤澤智樹と大樹のおっちゃんが三代目になる老舗の和菓子店がある。「うちの店は昭和五年の創業」って智樹から聞いた覚えがある。

「でもな、周りには嘉永元年や明治元年からの創業です、とかもおるから、古さでは勝負にならんねん」と言っていた。店頭で炙《あぶ》って醬油ダレをつけたみたらし団子や、きんつばや豆大福なんかを売っている。

智樹は店先に入ると、大きな皿に売り物の和菓子をいくつか適当に並べ、後ろのガラス製の店用冷蔵庫からコーラを二本つまみ出して、作業所の横の上がり框《かまち》をまたいだ。倉橋は、店の奥で箱の積み込み作業中のおばちゃんに挨拶をして智樹に続いた。

「ゆっくりしていってよ」と背中でおばちゃんがいつものように言ってくれた。

短い廊下の先にある少し急な狭い木製の階段を上った。この古い建物の、濃い色の木材には甘い香りが染み付いている気がする。二階の突き当たりの右が智樹の部屋、左が大樹の部屋だ。廊下の先からなんかの曲が聞こえている。

「大樹まだ帰ってへんわ。あ〜、あいつまたラジオつけっぱなしや」

智樹は舌打ちをした。廊下を進み、智樹が右の自分の部屋に入り、持っていた皿とコーラを机の上に置いた。倉橋も、自分のデイパックを部屋の床に置いた。

智樹は、大樹の部屋の前で「大樹開けるでー」と言いながら引き戸を開けて入った。智樹は大樹がいてもいなくても「大樹開けるでー」と言うのだろう。倉橋は智樹に続いて大樹の部屋に入った。入ったとたんセブンスターのにおいが鼻を突いた。

「うわっくっさ。智樹、あいつタバコ吸うてんのか」

「たまに吸ってるみたいやな」

倉橋和也　大樹からチョコスナックをもらう。

練習も食生活もストイックなくせに、タバコを吸うとはどことなく大樹らしい。倉橋は丸刈りの任侠《にんきょう》ずれした大樹の風貌を思い出した。

智樹の部屋と同じ間取りの四畳半の和室。正面に腰高窓があり、その手前に勉強机がある。右の壁面にあるシングルベッドの前に黒いストレッチマットが敷いてあり、腹筋台、ダンベル、腹筋ローラーやゴムチューブが雑然と置かれている。

「換気や換気」

智樹は腰高窓を開けて、その手で机の上のラジオのスイッチを切った。

倉橋は腹筋台に腰を下ろして、床に置かれていた15kgのダンベル二つを手に取った。

――こんなもんで、大樹さまは鍛えてはるんか。

倉橋がダンベルを持っていたとき、「智樹」と階下からおっちゃんの声がした。「なんや」智樹はそう言いながら下に下りていった。しばらくして「倉橋、俺ちょっと配達行ってくるわ」と智樹が下から言った。

「おうっ」

倉橋は台に仰向けになってダンベルを二つ手に持ち、大胸筋を鍛える動作をした。

――しんど。わしゃ興味ないわ。

倉橋は、何回かやってやめた。しばらく仰向けになったまま、シミがついた木目の天井を見つめた。智樹の家には高校時代からもう何度も来ているが、大樹の部屋に一人で入ったのは初めてだった。こうしていると居心地は悪いのだが、部屋がしんとしていて、寝てしまいそうになった。

——換気はもうええやろ。さぶいわ。

倉橋は、腰高窓を閉めるために立ち上がった。窓を閉める直前に、強い風が一瞬部屋の中に入ってきた。その風で机の上のA４用紙の束の上の二、三枚が飛んだ。倉橋は飛んだ紙を床から拾い上げた。そして、それを机の上の束に戻そうとした。用紙は裏返しになっていたが、戻す時にちらっと表を見た。きれいにワープロで書かれたプレイブックの中身だった。

——あかん、あかん。こりゃ見たらあかん。

反射的に倉橋は体がのけぞった。あかんとは思いながら、用紙をもう一度見た。バックスが三人いた。二枚目は、乱雑な手書きのプレイブックだった。構想途中のものが交じっていたのか。そう思って三枚目を見た。同じく手書きだったが、バックスの44番から、守備チーム真ん中のラインバッカー53番まで赤のサインペンで線が引かれている。53番には丸と×が重なっていて、その上にこれも赤いサインペンで「殺」と殴り書きがあった。

階下の空気が揺れたように感じた。再び反射的に背筋が伸びた。倉橋は、急いで持っていた三枚の用紙を机の上の紙の束の上に重ねて、大樹の部屋を出て智樹の部屋に戻り、引き戸を閉めた。

やがて、男が鼻歌を歌いながら階段を上ってきた。男はノックもせずにいきなりこっちの引き戸を開けた。

「下に汚《きった》ない靴あったから誰か来てるわ、思たらやっぱりおまえか」

二卵性といえども双子だから智樹とは顔は似ているが、精悍《せいかん》さ、逞しさや目つき、しゃべり方がまるで違う丸刈り頭の男が廊下に立っていた。顔が真っ赤で右手に茶色の紙袋を持っている。

「ひ、さしぶりやな」

なんとか倉橋は応えた。「元気か」と普段言うこともない言葉も付け足した。

「今日も確変連続の大勝利やんけ！　ほれチョコレートいるか」

大樹は、茶色の紙袋の中からチョコスナックを出して倉橋に押し付けた。大樹はこれまで見たこともないくらい上機嫌だった。飲んでるのはすぐわかった。そして、次の試合のことなど微塵《みじん》も触れず、バシッと引き戸を閉めた。

倉橋は、呼吸が荒くなっていた。あれは改めて大樹らしい挨拶の仕方だと思った。ちょっとのんびりしたところがある智樹とは、本当に双子なのかと思ってしまう。

それからたぶん五秒もかかっていなかった。一旦自分の部屋に入った大樹が、再び引き戸を開ける音と、廊下に足を落とす音と、こっちの引き戸を開ける音がほとんど同時だった。心臓が、荒れた呼吸と一緒にひやっと一瞬止まったかと思った。

真っ赤な顔の大樹は、茶色の紙袋を持ったまま廊下で倉橋を見て一呼吸置いたあと、

「おまえ、なあ」と言った。

「……なんや」

倉橋は、自分は何もしてない。だから絶対に謝ったらあかん、と心に念じ、背中に冷たい汗をかきながら大樹を見た。

大樹がじろっと睨んできた。倉橋は喉がカラカラになった。

「倉橋。あれウィッシュボーンや。うちあれ使うんや」

「……」

その時、大樹と同じような調子の鼻歌を歌って、智樹が階段を上ってきた。

「うん？　どないしたん？　大樹、おまえ飲んでるんか？　は～ん、ほいでまたパチンコやな」

「家の中も気いつけんとあかんなあ」

大樹が独り言のように言った。

「なんのこっちゃ？」

智樹が聞いたが、大樹は「まあええわ」と言って自分の部屋に戻って、またバシッと引き戸を閉めた。

「大樹となんかあったんか」

振り向いた智樹が倉橋に聞いた。

倉橋和也　大樹からチョコスナックをもらう。

「……いや。なんもない」

「ほんまかいな。なんか様子変やで……。ほんならビデオビデオと」

智樹は、いそいそと部屋に入り「遅なってごめんな。ほんなら始めよか」と言った。

「智樹、悪いけど俺帰るわ。用事出来てん。すまんけどビデオ、ダビングして明日ちょうだい。ごめん」

「えっ、なんでやねん」

倉橋は智樹の声に答えず、床に置いていたデイパックを持ち上げた。

野村淳一　大樹に激怒する。

――京阪大グラウンド。

防具を外してウォークスルーでプレーごとに各ポジションの動きを確認する作業が続いた。練習は今日を入れてあと六回のみ。休日も返上して、できることを最後までやる。

クォーターバック野村淳一は、自信と恐怖が時間ごとに入れ替わる日々を過ごしていた。ウィッシュボーンの動きには徐々にではあるが慣れてきた。自信を持った自分がいたが、たったそれだけではないか、と思うと恐怖がやって来る。

攻撃プレーは、オーケストラの演奏のように、指揮者のタクトに合わせて演奏者全員が自分の役割を完璧に実行する必要がある。何十回、何百回の反復練習を経て、ようやくチームにフィットしてくる。言うまでもなく、指揮者はクォーターバックだ。オーケストラの演奏と違うのは、フットボールには攻撃側の動きを全速力、全体力を使って潰しに来る敵が目の前にいるということだ。

相手守備に予想外の布陣を敷かれ、予想外の動きもされる。ビデオを見て得た感触よりも数段速く、強い選手もいる。

チームは動きをようやく習得した後は、自チーム内のスクリメージで問題点を洗い出し、他チームとの練習試合など文字どおり実戦で試してみる。

多くのプレーを試してみて、いくつかがシーズン本番の秋のリーグ戦で使えるかもしれない。理系の学部の選手たちが言っている「仮説、検証、修正」を繰り返す。ということは、現時点では第二段階の検証も満足に終えていないということになる。野村が抱く恐怖はこれだ。しかし、もうすでに何もかもが動きだしている。

グラウンドの脇で三十分ほど練習を見学していた理事長と学長を、コーチの市川さんが丁重に見送っていた。あんな光景を野村は入学以来初めて見た。野村の肩に手をやりながら赤澤大樹が言った。

「なあ野村、ええネタ持ってんのに急造ネタ出してスベる漫才コンビ、たまにおるやろ。あれ見てアホやこいつら、とか言うてもう笑われへんやろ」

野村はむかっとした。

――急造ネタやれ言うたんはおまえやないか。けど僕も腹を決めた。僕は絶対にスベらんぞ。やるしか道はない。自分のもんにしたる。

野村は心の中で大樹に反論した。そして付け加えた。あえてアドバンテージと言えば、最初に大樹が言ったように、北摂大もウィッシュボーンは普段は見たことないだろうってことだ。

そんな揺れ動く気持ちで今日も練習を終えた。

練習後のグラウンドのハドルで、市川さんから今日の練習の反省点が述べられた。そして、入替戦三日前から急遽《きゅうきょ》ミニ合宿が行われるという発表があった。市内のホテルは人数分押さえた、宿泊や飲食の費用はすべてOB会が支払うと付け加えられた。選手から歓声が上がった。「合宿」と聞いて歓喜の声が上がるのは入学以来初めて見た光景だ。選手もOB会も、コーチも大学も盛り上がっている。ここ数日、過去にないくらい多くのOBがグラウンドに来ている。彼らは、これで飯食え、と万札数枚をマネージャーに託して帰っていく。

野村の高校時代は後輩をしごきに来る嫌なOBが多数いたが、この大学に入ってからはそういうOBに会ったことがない。自分たちが夢見た一部リーグ参加をこいつらは叶《かな》えてくれるかもしれない、と期待してくれているんだろうと野村は思った。実際、世間の注目度という点で一部リーグと二部リーグは月とスッポンだ。

続いて、主将の赤澤大樹がしゃべった。多くは市川さんが言った反省点と似たような内容だったが、最後に彼がこう言った。

「ウィッシュボーンのプレイブックやけど、昨日の夜、北摂大学の倉橋に見られてしまいました」

大樹が普通の伝達事項のように言った。野村は、大樹が言っていることがすぐには理解できなかったが、「うそっ！　なんでやねん！」と思わず大きな声を上げた。

「どういうことや。大樹」

市川さんは冷静な声で大樹に聞いた。

「自室の机の上に置いていたプレイブックがめくれていた、あきらかに誰かが見た。ちょうどその時、倉橋がうちに来てましてん」

大樹が簡単に、淡々と説明した。

――こいつはそんなことが昨日ありながら、ええネタがどうのこうのと平然とさっき僕に絡んできたんか。

「……倉橋って？」という声が後ろの方から出た。

「北摂大学のミドルラインバッカー、背番号53や」

野村が代わりに答えた。ああ、と皆が反応した。倉橋という名前は知らなくても、ミドルラインバッカーで背番号53は全員が知っている。特に攻撃ラインやバックス陣はここ数日、背番号に「53」と書かれたジャージを着せたダミーをブロックするアフター練習を続けている。「倉橋」と「53」は大樹から耳にタコが出来るほど聞いている。

倉橋は特に有名でも優秀でもない選手だ。アベレージだと野村は思っている。野村がこの名前に引っ掛かっているのは、倉橋が大樹の双子の兄、智樹の親友であり、なぜか大樹が目の敵のように思っている、と知ったからだ。そして、この試合の攻撃の大目標である「真ん中真っすぐ」。この到達点に倉橋がいるからだ。

「倉橋はほんまに見たんか。おまえの部屋に忍び込んだんか」

野村が聞いた。野村は市川さんをちらっと見た。市川さんは特に表情を変えていない。大樹は無言のままだった。

「大樹、なんとか言えよ。だいたい、おまえのプレイブックの管理が悪いんちゃうんか。仮にも対戦相手のマネージャーしてる兄ちゃんが同じ家におるねんぞ」

さらに野村は言った。グラウンドで、それも後輩たちがいる前で、これは主将に対して言う言い方ではないということは野村もわかっていたが、今聞かないと聞くタイミングがなくなると野村は思った。大樹が、

「俺は、倉橋を問いただして、場合によったらしばいたる、と思った」

と答えた。

「それでどないしてん」

野村は聞いた。

「なんか急にそんな気持ち、あほらしなって」

「で、どないしたんや」

野村は先を促した。

「あいつに、『うちはウィッシュボーンやる』って、こっちから言うてやった」

選手間の空気が静まり返った。

「おまえはあほか！　見られたかどうかもわからんうちに、自分からなんでそんなこと言うねん！」

市川さんも周りの選手も、野村たちのやり取りを黙って聞いている。

「見られたところでどうでもええわ、って気持ちになったんや」

信じられへんわ！　野村は両手を上げてそう言ったあと大樹を睨んだ。

「倉橋が帰ったあと、智樹が……ああ、兄貴な……智樹が『おまえ部屋のラジオがつけっぱなしやったぞ』っていうようなことを言うてた。そやから倉橋は智樹と一緒に俺の部屋に入ったんやろな。智樹はそれから配達で家出たそうやからその後、倉橋はあれ見たんやろなって俺は思てる」

大樹が独り言のように言った。

「ほんなら見られたんやな！　倉橋に見られてしもたんやな！」

「野村、落ち着け。終わったことや。もうええやないか」

市川さんが言った。

「えっ。市川さん、そんな簡単なことですか」

「大樹の管理が悪いのは確かや。しかし、たまたまやろ。だいたい忍び込んでプレイブックを盗み見するやつなんかおらんって」

野村は、それはあまりにも性善説すぎると思った。

「試合前に、対戦相手にプレイブックを見られるって考えられないですよ」

野村は大樹に対する怒りが収まらなかった。

「野村。考えてみいや。これまでも試合前に、相手チームのプレーのバリエーションはだいたいわかってたやろ」

市川さんが言った。

「そりゃまあ、過去の試合のビデオ全部見て調べてますから」

「そうや。プレー選択のテンデンシー（傾向）もわかってる。お互いそんなもんやろ」

「それはそうですけど、うちがウィッシュボーンやるなんて情報は、向こうは無かったはずです。このまま試合になったらちょっとは相手が混乱します」

野村は心の拠《よ》り所のアドバンテージを口にした。

「ちょっと混乱したとしても、すぐ対応してくるよ」

「いや、ほいでも……」

市川さんが野村の話を手で遮るようにして言った。

「野村、俺らがやってるんは、テレビゲームちゃうからな。体と体を合わせて、どっちが強いかやで。うちがウィッシュボーンやるって相手に事前にわかったところで、何プレーかのプレイブック見られたからって、それがどうした。それが理由でうちが負けることにはならんやろ」

「僕はそれで負けるって言うてるわけではないんです。でも、それやったらなんのためにスカウティングやるんでしょう」

野村は、今まで市川さんに言ったことがないような言い方をして少し唇が震えた。

「野村。スカウティングデータをしっかりと頭の中に叩き込んで試合に臨む。しかし、いざセットして目の前の相手の目を見たら、『こいつに絶対負けるな』って自分を叱咤しながらの体当たりの連続やろ。それがフットボールやろ」

野村は市川さんの言葉を意外に思った。市川さんがこんな話をするとは。

「あ、後半の話は俺のずっと上のラインの先輩の受け売りな。昔俺が、攻撃隊形がどうの、システムがどうのばっかり言うてたとき、『頭でっかちになるな』ってこの先輩にさっきのように言われたんや。まあ、その先輩はセットしたら、頭に血がのぼって約束事もなにもかも頭から飛んでまう癖があったから、コーチにしょっちゅう怒られてたけどな」

――市川さんは昔話を持ち出しながら、今僕が頭でっかちだと言っているんやろうか。同じようなことを大樹にもこの前言われた。しかし、クォーターバックが頭でっかちで何が悪い！　誰がアサイメントや攻撃システムを考えてるねん！　そのくせ試合で負けたら全部クォーターバックのせいにするくせに！　こっちは寝んとおもろいネタ考えて、それでもウケんかったら全部僕が悪いんか！

野村淳一は一気に自分の不満を心の中に吐き出し、同時に息も吐き出し、そして気持ちを落ち着かせた。こういう思考法には慣れている。表情に出すな。クォーターバックの僕がここで、市川さんや部員の前で不貞腐れたり、キレたりしたら完全にチームからの信頼を失う。

野村は気持ちを切り替えると同時に、自分ひとりがいきり立って意識過剰になってしまった恥ずかしさを感じた。僕はクォーターバックだ。このチームの主将は大樹だけれど、攻撃の責任者はこの僕だ。早く挽回しないと。

「要するに野村、こんなことどうってことないで、ってことや。何事も予定どおりにはいかん。その場その場で臨機応変に。そのためにいろんなバリエーションを想定して練習してるんやろ。そうやろみんな」

市川さんは野村の後ろの選手全員に向けて話しだした。

「すべては準備や。ええかみんな。この話はこれで終わりにして、絶対に広げるな。試合できへんようになるぞ。忘れろ。相手がどうであれ、うちは正々堂々と勝負する。それでええやないか」

「はいっ」周りの選手が答えた。

市川さんは大樹と野村を見て、「ええな」と念押しした。

「……わかりました。すみませんでした」

野村は市川さんに頭を下げた。大樹はいつものごとく黙っていた。市川さんは、「ほんならまた明日な」と言ってグラウンドを後にした。

下級生たちがグラウンド整備を始めた。四年生も徐々に引き揚げていく。

「……。まあ、ほんなら僕らも引き揚げるか」

野村はぎこちなく、隣に残った大樹にそう言った。

「悪かった」

大樹が野村に言った。

——えっ！　うっそ！

この男からの謝罪の言葉を、野村は入学以来初めて聞いた気がする。野村はまるで自分が悪いことをしたかのように緊張した。今日はいろいろと初めてのことが多すぎる。しかし、市川さんの言葉どおり、野村は、この件についてはもう何も言うまいと心に決めた。

「おう。もう忘れようや。さてと……」

野村は手に持ったボールをポンポンと上げながらつぶやいた。

「あいつ……絶対殺したる！」

大樹がぼそっと言った。

「えっ？　今殺したる、って言うた？　あいつって誰や？」

「もちろん倉橋や」

野村はそう言った大樹の顔を見て怖くなった。大樹はあらぬ方向を冷徹な目で見ていた。殺人者の目とはこういう目ではないかと思った。

ただならぬ二人の様子を見ていた、まだグラウンドにいた数名の選手たちや、部室に帰りかけた選手らが近くに寄ってきた。

一週間前のケープコッドで、大樹はウィッシュボーンのアサイメントの倉橋の位置に赤のサインペンで「殺」と書いた。しかし、「殺したる！」と言葉で言われたら受ける迫力が違う。

「大樹、物騒なこと言うなよ。殺したる、なんか……。もうええやんか。さっきは僕も言い過ぎた。僕こそごめんや。市川さんの言うとおりやな。大事なんは、隊形が何か、システムがどうや、やなくて、どないするかっていう……」

「倉橋のやつ、しらを切りよった」

「……え？　どういうことや」

「場合によってはしばいたる、とは思ったけど、あいつが偶然見てしまったんやったら、俺も何も言わん、と思ってた。最初は俺もそう思ってた。しかし、あいつは、謝りもせず、白状もせず、知らんふりしよった。そんなもん見たことないって顔をして俺の言うことを聞く顔も見せんかった。俺はしばらく気持ちも失《う》せた。あいつは姑息《こそく》で恥知らずやっ！」

大樹はなぜか、目の前の野村にではなく、集まってきた連中に演説するように、最後は叫ぶようにして締めた。倉橋にプレイブックを見られたのかどうかだけを気にしていた野村は、ようやく大樹の怒りの訳を理解した。そして、大樹の倉橋への怒りが野村にも伝染し、体の中の血がぐっと熱くなった気がした。

「大樹！　おまえのダイブで倉橋をぶっ潰したれ！　僕も倉橋が許せん！」

野村は興奮して言った。大樹と気持ちがシンクロしたのも初めてだった。大樹は、野村を睨むようにして黙ってうなずいた。

「倉橋和也、背番号53、俺もやっつけたる！」

近くにいて話を聞いていた三年生の攻撃ラインの選手が言った。他の選手も同調した顔を見せた。

「俺、グラウンド回る。みんな先に上がっといてくれ」

大樹は親指を立てて笑ってそう言って、暗くなったグラウンドを一人走りだした。

倉橋和也　想像してビビる。

――北摂大、練習前の部室で。

京阪大は、今日からミニ合宿に入るらしい。

「全部、ＯＢ会が費用を負担するねんって」

智樹が言った。

「入替戦に出るん決まってから、ほとんど晩飯ＯＢのおごりやて。大樹がうちで晩飯食わんからご飯余るわ、っておかんが文句言うてた」

京阪大合宿の情報は、大樹から直接聞いたんではなく、おばちゃんからの情報らしい。

「向こうは盛り上がってはんなあ」

いつものごとくスキーツアーのパンフレットをいくつか見比べながら、守備バックの近間《ちかま》俊《とし》夫《お》が言った。

「京阪大にとっては……そやな……初の昇格を目指す入替戦やからな」

好物のアンパン二つ目をかじりながら片桐秀平が言った。

「ＯＢの愛情がうちとはちゃうわ」「それと経済力も」「やーさんと一般人の違いや。京阪大には薮村さんみたいな『やから』はおらんやろ」

倉橋和也は赤澤大樹の部屋でプレイブックの束を手に取り、その中の三枚ほどを見てしまったことを誰にも言えなかった。

「うちウィッシュボーンやるで」という大樹の言葉がはったりかどうかもわからなかった。パチンコに勝って酒を飲んで上機嫌だった大樹の出まかせのような気もする。

倉橋和也は、ウィッシュボーン隊形について少し知識があった。ウィッシュボーンは、ランニングバックを逆Yの字に三人配置する強力なラン隊形だ。そしてウィッシュボーンと言えば、トリプルオプションだろう。

たぶん、フットボールの攻撃でマスターするのがいちばん難しい。そんなことに今頃取り組むか？　うち以上に小世帯の京阪大が？　ずっと前から、一年通して準備してた？　まさか！　ウィッシュボーンではワイドレシーバーがつかない。その代わり、タイトエンドを二人配置する。それでは京阪大自慢の飛び道具、高宮、西田コンビはどうする？　チームから離脱したのか、それともクォーターバック野村淳一がけがをしたのか？　いずれにせよ、緊急事態で取り組む隊形ではないはずだ。

いろいろと疑問があるが、しかし手に取ったプレイブックは確かにウィッシュボーンだった。あれは、きまぐれの落書きには見えなかった。あるいは、ここぞという時のスペシャルプレーだろうか？

うちは京阪大のパスプレー対策に集中して時間を割いている。彼らが主にウィッシュボーンを使うとわかれば、対策がガラッと変わる。倉橋和也は、頭の中でシミュレーションした。

——ウィッシュボーンから大樹がボールを持って突進してきたら、あるいは後ろのバックスのためにブロックしてくるブラストが来たら。いずれも、倉橋と大樹の対決になる。

京阪大がもし全プレーでウィッシュボーン隊形を敷いてきたとしたら、半分以上のプレーで大樹がボールを持つはずだ。京阪大で頼れるバックスはあいつ以外誰がいる。

——俺はジョン・リギンズになる。

という大樹の願望と、53番のそばに「殺」と赤のサインペンで書かれた手書きのプレイブック。

倉橋和也はあれを思い出したら股の間がぞわっと震えた。そして、大樹の90キロ近い体重を想像した。一部リーグでもランニングバックはだいたい70キロから重くて80キロくらい。そして、あの大樹のスピードと迷いのない突進力。

——俺はあんなやつと当たったことがない……。

倉橋は、大樹との対決に急にビビりだして焦る自分を自覚した。

いや、自分の考えすぎかもしれない。大樹が自分のところに到達する前にライン戦であいつらの攻撃はつぶされる。はずだ。片桐秀平や西口行広、うちの守備ラインたちは、京阪大の軽量攻撃ラインに負けることを露ほども思っていないだろうし倉橋も想像していない。

あの日の翌日も智樹に、「大樹となんかあったんか」と聞かれたが、倉橋は適当にはぐらかした。

――仮に俺の情報をもとにチームがウィッシュボーン対策を講じて、その結果、勝利したとしたら、俺は一生あいつから卑怯者呼ばわりされる。

「対戦相手の部屋の机の上にあったプレイブックを見た」のは事実だから。

倉橋はそれを思うと地団駄を踏む思いになった。

なんで俺はあいつの部屋に入った、智樹が配達に出たら俺は智樹の部屋に戻ったらよかった、いや、よしんば見たとしても「おまえの大事なこれが風で飛んだぞ。しっかり束を綴じて引き出しの中に入れとけよ」と俺から先に大樹に言っておけば、今の気分は相当楽になっただろう。

「俺は見てないことにしといたるわ」と上から目線で言ってもよかった。

あの時、俺は大樹の体から発散された活力に気圧《けお》されて、自分の行為を隠して黙ってしまった。見てしまったことよりも、俺のあの時の大樹に対する態度は一生の不覚だ。

――俺はあんなもの一切見たくなかったのに！

風で飛んだものを拾っただけやのに、あいつはまるでコソ泥を見る目で俺を見た！

対策を講じずに負けたとしたら、それは自チームに対する背信行為になるのか。こう迷わせるのが大樹の罠か？　いや、あいつがそんな複雑な仕掛けをしてくるはずがない。

「なんらウィッシュボーン対策を講じず、そして自力で勝つ。それも余裕で」

この流れではこれしかない。「すべて何も見ていなかった」で通し切る。

これが最善だと倉橋は結論付けた。

練習後、四年生の部室の中で副将の高野昌彦が「四年生は丸刈りにして試合に臨もうや」と提案した。こういう時に決まって出てくる精神論だ。

「高野、意味ないんちゃう？　僕らほんま必死ですってポーズに見えるで。ぼーずだけに」

コーナーバックの岡本正広《おかもとまさひろ》が言った。

「俺も反対で～す」

センター分けのさらさらヘアを触りながらタイトエンドの千田則夫《せんだのりお》が言った。

「年明けて、丸刈りでスーツ着て初詣はないわ。彼女一緒に歩いてくれへん。やーこ丸出しや」

「油断禁物やし……と思って」

自分の提案がいきなり一蹴された高野が、少し凹《へこ》んで付け足すように言った。

「俺はどっちでも、ええで～」

角刈りの主将の片桐が言った。

「おまえはそうやろ！　角刈りも丸刈りもいっしょやんけ！」

何人もが突っ込んで笑いが起きたあと、倉橋が、

「俺、賛成」と言った。

倉橋和也　想像してビビる。

「えー、うそやん」そこにいた全員が倉橋を見た。

「俺は刈る。みんなに強制はせえへん。俺が丸刈りになりたいだけや」

そんなことにでも、倉橋はすがりたい気持ちになっていた。後ろめたさが尾を引いていた。

岩下律子　50ヤード付近の上の座席に座る。入替戦始まる。

岩下律子は、高見宏太と北摂大側ベンチのちょうど50ヤード付近の上の方の席に着いた。

律子は席に着くなり、大きなバッグからＡ４大のバインダーとペン、デジタルビデオカメラ、三脚、双眼鏡を取り出した。

「なんかゾクッと寒気がするわ」

律子は高見に言った。

「そりゃそうですよ、今日の気温は。あとで雪も降るそうですよ」

「違うって」

律子は、梅田で買ったばかりの真っ赤なフード付きのダウンコートとスキニージーンズ、もこもこの毛がはみ出ている茶色のムートンブーツという完全防寒で言った。

「寒気がするのは京阪大よ」

「とおっしゃいますと？」

「試合前って、ほら大きな声で盛り上げてるでしょ。おい！　いくぞっ！　て感じで」

「そうでもしないと試合って怖いでしょうからね。気合入れながら、恐怖心と闘ってるんじゃないですか」

岩下律子　50ヤード付近の上の座席に座る。入替戦始まる。

「そうかもしれないね。それがほら、京阪大って、まるでこないだの試合の後の倉橋くんたちみたい」

「ほんとですね……。もう負けるのが確定だ、みたいな」

「う〜ん……、ほんと寒気がする！」

「それにしても倉橋さん、丸刈り頭似合わんわ〜。律子さん、今日もスコアブックつけるんですね」

高見がバインダーを見て言った。バインダーにはエクセルで罫線《けいせん》が引かれた紙が数枚挟まっている。ボールオンと、ダウン数、残りヤード、プレー内容、ボールキャリアーの背番号などを記録するためのものだ。律子は、試合会場入り口で配られたスタメン表を取り上げた。

「京阪大のメンバー表見たら、ほら、ワイドレシーバーいないね。その代わりタイトエンドが二人いる。ランニングバックは三人もいる」

そう言ったあと、律子は双眼鏡を取ってピント調整をした。

「律子さん、その双眼鏡、ちょっと貸してくれませんか」

「何見るのよ」

「えっと、もちろん両チームの試合前の様子ですよ」

高見は、律子から双眼鏡を受け取った。

「ピントの合わせ方はわかってますから」

そう言いながら、焦点を北摂大のサイドラインを走り回って仕事をしている斎藤玲子に合わせた。試合前の様子には違いない。

今日の斎藤玲子は、チームでお揃いの白いベンチコートを着ていた。彼女が走るたび、ポニーテールの髪をくくっているピンクのゴムが上下に揺れている。大きな胸の揺れが厚いコートに遮られるのがとても残念だ。

——不本意ながら、倉橋さんの趣味と、ひょっとして僕同じかも。

ズーム機能を活用して、斎藤玲子の顔をぐっと引き寄せた。さすがはスポーツ観戦用の大型双眼鏡だ。倍率がすごい。高見の鼻の穴は、大きく膨らんだ。自分の唇を尖らせれば、もうこのまま斎藤玲子とキスでもできるんではないかと高見は錯覚した。今日が真夏だったら。白いTシャツに透けるブラ、首筋の汗、ショートパンツと太もも。高見宏太は妄想してほくそ笑んだ。

「ちょっと、返してよ」

いいところで、高見は律子に双眼鏡を取り返された。

コイントスの結果、京阪大レシーブ選択、北摂大キック。

律子の日頃の生活の中で、アメリカンフットボールのキックオフほど見ていてスリリングで興奮するものはない。戦国時代、二手に分かれた陣が、馬に乗って雄叫《おたけ》びを上げながら突進し、岩下律子　50ヤード付近の上の座席に座る。入替戦始まる。

激突するようである。

「これからほんとにゾクゾクするよ～」

京阪大学　スターティングメンバー表

【攻撃メンバー】

背番号		ポジション	氏名		学年	身長	体重
50	C	センター	丸橋	祐輔	3年生	176cm	79kg
56	G	ガード	大溝	照雄	3年生	173cm	78kg
77	G	ガード	原沢	裕志	3年生	175cm	76kg
73	T	タックル	浜辺	龍一	4年生	176cm	85kg
78	T	タックル	犬井	定人	4年生	173cm	82kg
				攻撃ライン平均		175cm	80.0kg
84	TE	タイトエンド	河内山	宏充	4年生	178cm	78kg
8	QB	クォーターバック	野村	淳一	4年生	173cm	65kg
80	TE	タイトエンド	秦上	謙三	4年生	185cm	74kg
29	RB	ランニングバック	田並	淳人	4年生	165cm	62kg
44	RB	ランニングバック	赤澤	大樹	4年生	177cm	88kg
28	RB	ランニングバック	藤元	光二	4年生	174cm	71kg
36	K	キッカー	宮本	彰信	2年生	165cm	64kg

【守備メンバー】

背番号		ポジション	氏名		学年	身長	体重
71	DT	守備タックル	門司	和基	3年生	177cm	79kg
78	DT	守備タックル	犬井	定人	4年生	173cm	82kg
84	DE	守備エンド	河内山	宏充	4年生	178cm	78kg
80	DE	守備エンド	秦上	謙三	4年生	185cm	77kg
				守備ライン平均		178cm	79.0kg
52	LB	ラインバッカー	徳岡	淳夫	3年生	176cm	77kg
55	LB	ラインバッカー	小目	功夫	4年生	173cm	72kg
40	LB	ラインバッカー	金田	泰宏	3年生	173cm	71kg
23	CB	コーナーバック	向井	匡史	2年生	179cm	70kg
18	CB	コーナーバック	林田	秀夫	1年生	177cm	73kg
5	SS	ストロングセーフティ	蔵石	吉明	4年生	166cm	66kg
1	FS	フリーセーフティ	薮野	剛士	3年生	164cm	68kg
6	P	パンター	西村	高洋	3年生	170cm	70kg
主将	44	赤澤　大樹	副将	73	浜辺　龍一		

岩下律子　50ヤード付近の上の座席に座る。入替戦始まる。

北摂大学　スターティングメンバー表

【攻撃メンバー】

背番号		ポジション	氏名		学年	身長	体重
55	C	センター	川井	博之	3年生	177cm	85kg
50	G	ガード	伊茂名	和史	3年生	172cm	82kg
61	G	ガード	伊東	瑛一	3年生	177cm	84kg
57	T	タックル	片桐	秀平	4年生	180cm	87kg
74	T	タックル	西口	行広	4年生	181cm	91kg
				攻撃ライン平均		177cm	85.8kg
83	TE	タイトエンド	千田	則夫	4年生	182cm	83kg
16	QB	クォーターバック	岡村	健太郎	3年生	174cm	67kg
33	RB	ランニングバック	中野	達郎	3年生	171cm	72kg
31	RB	ランニングバック	多田	間人	3年生	168cm	70kg
11	WR	ワイドレシーバー	高野	昌彦	4年生	181cm	75kg
88	WR	ワイドレシーバー	稲垣	正三	2年生	173cm	66kg
23	K	キッカー	井谷	馬木也	4年生	169cm	73kg

【守備メンバー】

背番号		ポジション	氏名		学年	身長	体重
74	DT	守備タックル	西口	行広	4年生	181cm	91kg
57	DT	守備タックル	片桐	秀平	4年生	180cm	87kg
83	DE	守備エンド	千田	則夫	4年生	182cm	83kg
86	DE	守備エンド	西河	涼介	4年生	178cm	85kg
				守備ライン平均		180cm	86.5kg
59	LB	ラインバッカー	坂田	孝	3年生	175cm	72kg
53	LB	ラインバッカー	倉橋	和也	4年生	178cm	77kg
40	LB	ラインバッカー	小西	豊廉	3年生	170cm	70kg
23	CB	コーナーバック	山本	重幸	2年生	163cm	64kg
18	CB	コーナーバック	岡本	正広	4年生	169cm	70kg
3	SS	ストロングセーフティ	近間	俊夫	4年生	165cm	71kg
1	FS	フリーセーフティ	稲村	双実	3年生	170cm	66kg
9	P	パンター	洲原	光三	2年生	165cm	64kg
主将	57	片桐　秀平	副将	11	高野　昌彦		

倉橋和也　その入替戦キックオフ直前ゾクッとする。

前日からの小雨は、早朝いったん止んだが、自然芝のフィールドコンディションは良くない。今朝から急に気温が下がり、予報では、試合中の時刻に雪が降るかもしれない、ということだった。寒くて手がかじかむ。ボールコントロールには悪影響で、パスには不利な天候と言える。

北摂大の倉橋和也はキックオフ前の練習で、京阪大チームの後ろ姿の赤澤大樹を見た。大樹は、ヘルメットを取って黙々とストレッチをしていた。一週間ぶりに、大樹の青々とした丸刈り頭を見た。

——こいつは、いつも丸刈りやったな。

大樹がストレッチが終わって立ち上がり、こっちを向いたとき、目が合った。大樹は眉毛も剃《そ》っていた。頬はげっそりと痩《こ》けていた。たった一週間で形相が変わっていた。倉橋はゾクッと筋肉がこわばった。

試合前に交換された京阪大のスターティングメンバー表には、ランニングバックが三人、タイトエンドが二人。ワイドレシーバーの3番と88番もいなかった。ジャージ姿の背の高いのが松葉杖をつき、低いのが腕を吊り肩を固定してサイドラインに立っている姿を見た。

大樹以外の選手たちに目をやった。試合前なのにもう泣いているような選手がいた。クォーターバック野村淳一もきれいに頭髪を剃っていて、思い詰めたような顔をしている。選手同士の会話もないようだった。倉橋和也はまたゾクッとした。

試合が始まった。

京阪大は赤澤大樹が言ったとおり、最初からウィッシュボーンで来た。大樹が言っていたのははったりではなかった。北摂大のサイドラインや守備選手たちが「ん？……。ウィッシュボーンや！」と戸惑いながら叫んだ。倉橋は皆に申し訳ない気持ちを腹に押し留めた。

倉橋和也の予想になかったのが、京阪大攻撃ラインのワイドスプリット、普通よりラインの選手の間隔が広い。あらかじめ、ランニングバックたちが走るコースを空けているように見える。間隔が広ければ、ラインバッカーの倉橋がそこに突っ込むブリッツは容易だが、行き違いのリスクが大きい。それに倉橋が突っ込めば、彼が守っているゾーンが空っぽになってレシーバーが入ってきやすくなる。

——その手には乗らんで。

倉橋はそう思いながらも、シューズ一足分くらい広いこの間隔が、やりにくさと戸惑いを感じさせている。対策としては、あの間隔に守備ラインをセットさせること。しかし、これをするとダブルブロックの餌食になるリスクもある。他には守備ラインを斜めから突っ込ませる、いわゆるスラントさせる、などだ。状況を見て決めよう。

京阪大はウィッシュボーン隊形からラン一辺倒だが、タイトエンドの二人は7ヤードくらいを走り、倉橋のいる真ん中のゾーン辺りでパスを待つかのような仕草をする。京阪大のクォーターバック野村淳一は優秀なパサーだから、タイトエンドの動きには十分注意をしないと。

倉橋和也は、まだ積極的にはブリッツができない。今のところ北摂大の守備タックルは、京阪大攻撃のガードの真正面にセットさせている。力勝負では負けないと思っていたが、京阪大の攻撃ラインは、うちの守備ラインに対して上体を下げず覆い被さってブロックをしてくる。そこにダイブプレーでライン並みの重量バックの大樹が突っ込んでくるので、そのままで4～5ヤードはもつれ込まれて前進される。

ラインの連中はみんな肩で息をしている。岡村健太郎をはじめサイドラインにいる攻撃陣は、ベンチコートを着込んで倉橋たちの守備を見守っている。しきりに身体を動かしながら立っている。試合が始まって計時上では5分ほどが、すべて京阪大の攻撃に費やされている。暗い雲の下、気温は上がってこない。早くボールを攻撃陣に渡したい。彼らの身体も冷え切ってしまう。

「片桐、西口、頼むぞ真ん中」

ハドルで二人に言った。二人は、予想以上にしつこい京阪大の攻撃ラインのブロックに苛《いら》ついているように見えた。

これまでの二部リーグの試合では、彼らの仕事の大半はパスプロテクションだったはずだが、この試合では、足を車輪のように掻き回すドライブに徹している。

高見宏太

「なんか地味で、こねこねして、面白さに欠けますね。律子さんどうですか」

高見宏太は岩下律子に聞いた。

「パスとか独走、とかないからね。寒いし。天気も暗いし。でも、思ってたより京阪大はしつこいわ。第一クォーターでは、ほとんど北摂大に攻撃権渡してないからね。それにしても大樹くん……」

「智樹さんの弟さんですね」

「そう、大樹くん、やっぱりすごいね。倉橋くん、もっと踏ん張らないと。タイマンで負けてるわ」

時として律子は柄にない言葉を使う。高見は、

「お〜い！　倉橋！　もっと踏ん張っていけよ〜！」

とフィールドに向かって大声を上げた。

「こういう時は呼び捨てやね」

「えへへ。しーっですよ」

野村淳一

京阪大クォーターバック野村淳一は、確かな手応えを得てサイドラインに戻った。得点には至らなかったが、心配していたラインはなんとか北摂大守備に対して勝負できている。あれでいい。粘っていけばチャンスはある。

急ごしらえのセンターの丸橋祐輔とのボールエクスチェンジもスムーズで問題ない。赤澤大樹が目の敵にしていたミドルラインバッカー倉橋も、大したことはなかった。大樹は、まさに期待以上の活躍だった。

倉橋和也

大樹のダイブプレーは、彼が倉橋の位置に到達する時には、ラインの選手が今までやっていたブロックをやめて倉橋へのブロックに加勢してくるコンボブロックもしてきた。後ろのバックスも来るから、この段階で倉橋一人対数人の構図になる。倉橋は低いタックルで引っ掛けてなんとか食い止めるが、大樹の腰は、樹の幹のように太くて硬い。タックルするたび頭がくらくらする。

京阪大は、北摂大陣内30ヤードまで迫ってきた。そこから三回の攻撃で7ヤード進まれた。京阪大敵陣23ヤード、ラストダウン3ヤード。京阪大は、定石どおりフィールドゴールを狙ってきた。フィールドゴール成功。京阪大3点先制。北摂大0―3京阪大。

北摂大、次のキックオフリターンで自陣40ヤードまで戻す。雪が降ってきた。両チーム一進一退、前半終了。

岩下律子　高見宏太の焼きそばをほめる。

前半が終わり、スタンドでは一斉に傘が開いた。

岩下律子は傘をさしながら、高見宏太がスタジアムの入り口で買ってきた、薄い透明のプラスチック容器に入った焼きそばを頬張った。

「美味しい。高見くん、君、気が利くわ」

律子は、家から持ってきた携帯魔法瓶の蓋を開けて中の白いコップを高見に渡して、熱いお茶を注いだ。

「へへ。そうでしょ。冬の試合には、焼きそばか、お好み焼きがつきもんですよね。カップラーメンもいいですけど、あとは……」

「それにしてもすごい」

「美味いですか、この焼きそば、イカも入ってますよね」

律子は、自分がつけたスコアブックを見ている。

「大樹くん、前半だけで60ヤードは走ってる……」

「へえ、それどんなもんなんですか。律子さん、メロンパンもありますよ。いりませんか」

「いらない」

律子はまだスコアブックを見つめていた。

前半開始とは逆に、京阪大キック、北摂大レシーブで後半が始まった。北摂大88番リターナーの稲垣正三がハーフライン近くまでボールを戻した。グッドグッド！　北摂大自陣48ヤードからのファーストダウン10ヤード。

ワイドレシーバーの高野昌彦が真っすぐに走り、途中で内側に切れ込んで京阪大の守備バックスを振り払い、さらにスピードを上げた。そこに、クォーターバック岡村健太郎からのきれいなパスが決まった。

律子は高見と共に席から立ち上がった。そして、自分も走っているような気になった。

「高野くん！　速く！　もっと速く！」

邪魔するものがいなくなった高野昌彦は、捕球後さらにスピードを上げて、そのままエンドゾーンまで走り切った。

「きゃ〜〜」「お〜〜」

律子は高見と万歳した。

キッカー井谷馬木也のトライフォーポイントも決まり、北摂大7―3京阪大。北摂大は、後半開始たったワンプレーで逆転した。やっと一部リーグの底力が発揮された。

倉橋和也

逆転成功の後は、両チームともスリーアンドアウトの応酬となり、点数は変わらずだった。ボールが行ったり来たりの膠着状態が続いた。両チームとも、つまらないミスや、反則を連発した。

しかし、北摂大のラインも京阪大に対応してきた。攻撃も押せたし、守備でもロスさせたり、倉橋のブリッツが遅まきながらも決まりだした。

最終第四クォーター開始。京阪大の自陣35ヤードセカンドダウンの攻撃から始まったが、これも結局パント。京阪大も最初の攻撃の勢いが衰えてきた。北摂大の守備両エンドの千田則夫と西河涼介が回り込んで、京阪大のランプレーを引っ掛けて止めだした。

北摂大は、自陣25ヤードからの攻撃となった。積極的にパス攻勢に出た北摂大だったが、ことごとく失敗。その後、互いにスリーアンドアウトを繰り返す。

試合終了残り2分20秒から、京阪大の敵陣37ヤードからのサードダウン3ヤード。この攻撃さえ止めれば、北摂大は勝利に近づく。

野村淳一と赤澤大樹、そして丸橋祐輔。

京阪大がサードダウン3ヤードで後半最後の1分30秒のチームタイムアウトを取った。野村淳一はサイドラインを見た。雪で視界が悪い先でコーチの市川さんが「戻らんでええ!」と両手を振りながら叫んだ。野村が手を上げて応えた。次のプレーは何をするかみんなわかっている。だからサイドラインまで行ったり来たりで時間も体力も使ったりせず、フィールドで最終確認して臨め、という配慮だろう。ライン全員が膝に手を置き、大きく肩で息をしている。ハドルを組んだ。

「よし、大樹。次もダイブ」

野村が言った。

「ああ。センター左のダイブでいこ」

そして、大樹はセンターの丸橋祐輔に向かって言った。

「今日はここまでようやってるで丸橋」

「はぁーあ、ありがとうございますっ」

丸橋は泥だらけの顔で、大きな息をしながら答えた。

「ほいでも、次のプレーでヘマしたら一生怨むからな」

「はっ……？」

「おまえは倉橋の左肩めがけて走り抜けろ。絶対足止めるな。あいつの左肩を粉々にするつもりで走れ」

「はいっ」

「俺は、ボール持ったらお前のケツの穴めがけて突っ込む。絶対に俺に追い抜かれるな。体いっぱい使って必死に走れ。俺がおまえにつまずいたりしたら、おまえの股間、力一杯蹴り倒すぞ」

聞いていた何人かが笑いを嚙み殺したような口元をした。

「本気やで。試合中でもやるで」

緩んだ皆の口元が一瞬で締まり、唾を呑み込む音が聞こえた。「丸橋、今日彼女見にきてるんか」

「あ、はい……」

「しばらくあそこ使いもんにならんで」

「は、は……はしります。ひ、ひっしに！」丸橋は泣きそうな声になった。

「野村。おまえは俺にハンドオフしたら、すぐに右の守備タックルに当たれ」

「えっ？　僕が？」

「おまえもフットボール選手やから当たれるやろ。右に体いっぱい突っ込んで倒れろ。守備タックルの横の動きを塞げ。念には念をや。大溝と原沢、田並と藤元！　昨日までのしんどい特訓を思い出せ。相手がどんなシフトしてきても俺の走る真ん中真っすぐは邪魔させるな。たかだか2秒か3秒、3ヤードか4ヤード、人生でいちばん強く、速く、前に！　猛獣になって走って当たれ！　次ですべて終わらせたる」

ほんの数秒、雪の中でハドルが燃えたと感じた。大樹が言った。「野村、プレーカウント」

「……。わかった。カウント……」

倉橋和也

チームタイムアウトが解けて両チームセット。北摂大もチームタイムアウトは使い切った。次は絶対にあいつらの切り札、大樹のダイブだ。倉橋和也は、緊張してプレー開始を待った。キーはセンターの動き！　センターがスナップ！　クォーターバック野村はセンターの右に突っ込んできた大樹にハンドオフした。大樹の右ダイブ！　センターが真っすぐ右寄りに、うぉーと叫びながら突進してきた。センターが邪魔で真後ろの大樹が見えない！

倉橋は、迫ってくるセンターに密着されないように、一撃を入れて、腕で相手をコントロールする体勢に入った。

えっ！　左に大樹が！　タックルに！　上体を上げたその瞬間、倉橋は胸に衝撃が走ってそのまま仰向けに倒れた。雪交じりの雨水と、芝と、泥を一緒に蹴り上げた大樹の白革のスパイ

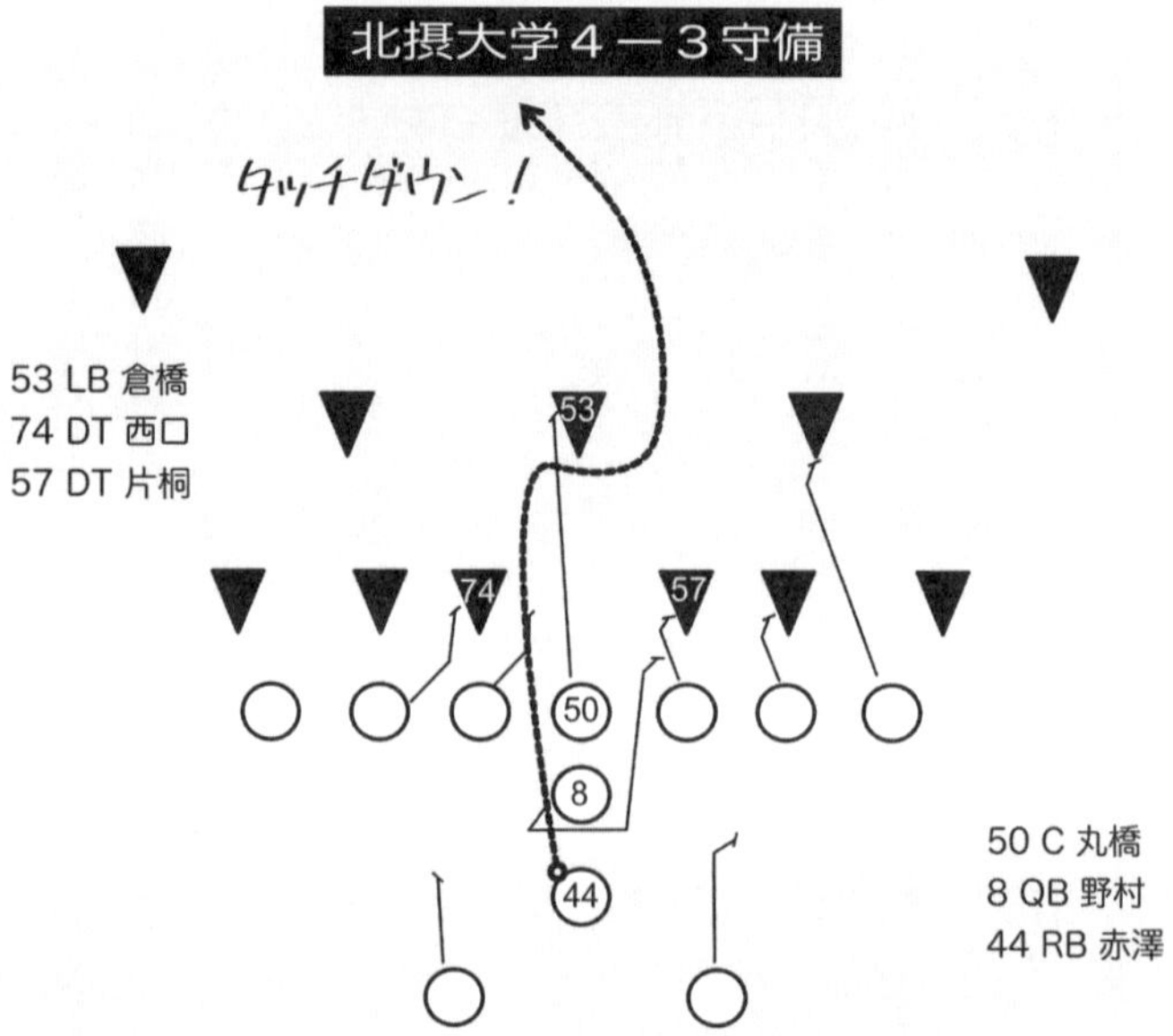

京阪大学ウィッシュボーン攻撃　44赤澤大樹の左ダイブプレー

クシューズを、フェイスマスク越しに一瞬だけ見た。

うな垂れて立ち上がりながら、疾走する大樹の背中を見た倉橋には、二週間前に見た近藤勝也の表情は無理だった。

野村淳一⑧

大樹の指示どおり、野村は大樹にハンドオフした直後に、右の守備タックルの片桐57目がけて体ごと倒れ込んだ。そして、すぐさま起き上がってエンドゾーンを見た。北摂大守備バックスを蹴散らしてエンドゾーンまで駆け上がって拳を上げた大樹がスーパーマンに見えた。

野村淳一と赤澤大樹、そして丸橋祐輔。

野村淳一は、照準を定めて引き金を引いたバズーカ砲が、手元にズドンッとした衝撃を残して、真っすぐに敵のど真ん中、憎き背番号53倉橋和也をぶち抜いた快感を感じた。ぶざまにアオテンした倉橋に向かって、中指を立ててやりたかったが自制した。

――このまま僕たちが勝利する。一部リーグに行く！

野村は勝利を確信した。

トライフォーポイントも決まった。北摂大7―10京阪大。

高見宏太

京阪大のスタンドからは割れんばかりの歓声が起きた。北摂大のスタンドでは、高見宏太が岩下律子に、

「僕、もう見てられません」

と言った。

「倉橋くんが倒されたん、あれ、アオテンって言うんやね。おっちゃんたちがやじってるから。そうか、倒されて真上の『青天』を見上げるから、『アオテン』やね」

律子が言った。

「律子さんって、冷静ですね」

「たまにやけど、ハンドボールとかラグビーでも相手選手に簡単に倒されることがあるでしょ。

あれは、力関係じゃなくて、重心のかけ具合とか。そんな時、体はコロンと簡単に転がる。大きな選手も、小さい選手にいとも簡単に倒されることがある。倉橋くんの名誉のために言うとくけど」

そう言いながらも寂しそうな律子の横顔を高見は、見た。

倉橋和也

試合終了まで残り1分を切っていた。北摂大の倉橋和也は、サイドラインで仲間の自陣深くからの最後の攻撃を見届けていた。

そして雪が舞う中、ゲームオーバー。最終スコア、北摂大学7―10京阪大学。

倉橋たちはスタンドに向かって一礼、挨拶した。

スタンドの上段奥で双眼鏡を握っている、赤いダウンコートの岩下律子と高見宏太が見えた。律子はうつむいているように見えた。

試合後の控え室には、スタンドから下りてきた怒るOBたちが入ってきた。何発か殴られる、と覚悟もしたが、禿頭コーチがそれを制した。

四年生全員が、岡村健太郎をはじめとする三年生以下に頭を下げた。北摂大学アメリカンフットボール部は、この日ついに倉橋たちの代で、創部初めて二部リーグ陥落となった。

野村淳一と赤澤大樹、そして丸橋祐輔。

岩下律子

「高見くん」

スタジアムから駅に向かう途中で、律子は傘を持ちながら高見宏太に声をかけた。

「あのね。このスコアブックと録画したビデオテープ、君にあげる」

「え、大事なもんじゃないですか、これ」

「君も卒業したら、スポーツ関連のマスコミに就職希望でしょ。私と同じように」

「ええ、第一志望はそうです」

「だからこれ見て勉強して。将来フットボールも担当してよ」

「でも……」

「私はこの試合に関しては、数字とか記録とかじゃなくて、胸の中にしまっておきたいの。入替戦ってすごい戦いよ。チームの将来をかけた戦いよね。リーグ戦の順位争いなんかより段違いのピリピリ感で痺れたね。

こないだ洞口くんの話してて、『甲子園ボウルと入替戦はステージが違うけど』って倉橋くんに言っちゃったけど、あれ謝らなきゃ。私なんにもわかってなかった……」

高見は、そう言った律子からスコアブックとビデオテープを受け取った。

倉橋和也　スタジアムの出口で大樹や野村と。

北摂大の選手やスタッフたちは着替えたあと控え室で三々五々解散した。マネージャーの赤澤智樹はまだ後片付けがあるから、と言ったので倉橋は、主将の片桐秀平と副将の高野昌彦とスタジアムの出口に向かった。居残っている京阪大の応援団や選手たちが見えた。

出口のすぐ左に赤澤大樹とほか数人の丸刈り頭がいた。大樹の隣の小さいのがたぶん野村淳一だ。彼らは、意外にも静かだった。勝利の味を嚙み締めているかのようだった。

しかし、倉橋たちを見た瞬間、さっと睨んできた。倉橋は、反射的に右にそれた。ちょっと遠回りになるけど、他にもスタジアムの敷地からの出口があるはずだ。

「せっかく教えたったのによう」

背中で大樹の声がした。倉橋が振り向いたとき、大樹はすぐそばまで寄っていた。大樹は、にやっと笑った。

「倉橋、おまえのタックルってあんなもんか。あんなんで一部のチームでやってきたんか。そりゃ落ちるわな」

後ろの野村も、おんなじことを言っているような顔をした。

倉橋は、体中の血が逆流した気がした。

横にいた片桐が、倉橋の左の袖を引いた。高野も倉橋の肩に後ろから手をやった。負けたやつが拗《す》ねたり怒ったりしたら、とてもかっこわるいということだ。

「昇格、おめでとうさん」

倉橋は握った右の拳を解いて、大樹に差し出した。

んっ。そんな声が、大樹の喉元から漏れて聞こえた気がした。

「ふん、おおきに」

大樹はちょっとふざけたようにして、倉橋が出した右手を握り返した。


敗戦翌週の水曜日、倉橋和也がゼミを終えて教室の外の廊下に出たとき、スキーサークルの加賀雄一がひょろっと突っ立っていた。二週間ほど前ガソリンスタンドのバイトをクビになった日に見て以来だ。こいつ何してるんやろ、と思いながら知らん顔して通り過ぎたら、加賀が後ろから倉橋の名前を呼んだ。

「呼んだ?」と振り返ったら、「これ」と加賀は小さな紙の束を差し出した。クビになったガソリンスタンド発行の系列店で使える給油リッター当たり五円割引クーポンが冊子になっていた。十枚くらいある。

「店長がおまえにって。新聞で見たんやろな、試合結果」

負けた慰めだろうか。でぶとんぼも優しいな。原付バイクに乗っているからありがたい。今度行って挨拶しないと。

しかし、加賀はこんな物を俺に渡すために、どのくらいかは知らないがここで待っていたんだろうか。

加賀にも礼を言うべきかな。倉橋はそう思いながら長身の彼を見上げた。

「負けて、負け続けて、そんな体育会に何の意味があるねん。しょうもないわ、偉そうに」

いきなり加賀はそう言った。

え？　予想もしない言葉を言われて倉橋は黙ってしまった。

確かに、自分たちは今季全敗最下位、二部に落ちた。おまえの言うとおり負け続けたが、別に偉そうにした覚えはないが。気がつけば、もう加賀はいなかった。

倉橋和也は、入替戦から三か月後の三月に北摂大学を卒業した。出れば負けの最終学年のシーズンを終えた彼には、フットボールには未練もない。昨年の春から六社の面接を落ちていたが、なんとか東京に本社のある中堅の広告代理店に入社し、梅田の丸ビル近くの大阪支社に配属された。

第二章

倉橋和也　卒業して二年目の秋。

——大阪府郊外のとあるスタジアム。

背が高くて、腕の長いアメリカ人のクォーターバックが、「グッジョブ！」とかなんとか大声で連発しまくり、走り終わった赤澤大樹に大げさに手を上げている。大樹は、彼の歓待に柄にもなく少し照れくさそうに小さく手を上げて応えながら、小走りでハドルに戻った。

今のプレーで、大樹は相手守備ラインを引きずりながら、ボールオン敵陣38ヤードから4ヤードほどゲインし、ファーストダウンを更新した。ショットガン隊形から、右のオフタックルを抜けたプレーだった。28対17で大樹のチームが勝っている。第三クォーター開始早々追加点につながりそうなファーストダウンだった。

「あいつ、楽しそうやろ」

隣に座る赤澤智樹が大樹のことをそう言った。「当たり前やけど、チームのラインも京阪大に比べてどでかいし、みんな経験者でうまいから、あそこでやるフットボールが大樹にとっては楽しいんやろな。あんなアメリカ人のクォーターバックもおるしな。細身に見えるけど、俺、この前の試合終わってから近くで見たら、ごっつい体してたわ。全体のバランスがええから細く見えるねんな。もの凄いで筋肉も骨格も。当たりに対する耐久力も違うな。パスの威力なんかそりゃもう……」

試合は、関西の社会人リーグ三戦目だった。倉橋は、この日智樹に誘われて、秋の週末、このスタジアムまで来て智樹と観客席に座っている。

大樹を応援しにきたつもりは毛頭なかったが、試合開始以降、倉橋和也は、学生時代と同じ背番号44を付けて走りまくっている大樹だけを目で追っている自分に気がついた。大樹のダイブは社会人の重量ラインバッカーでも一人で止めるには手を焼いているように見えた。大樹の凄みを改めて見た。

「仕事どうや？」智樹が、倉橋に聞いてきた。

「二年目から担当を分けてもろて、その不動産デベロッパーの御用聞きみたいなこと、かな。俺の今の仕事は」

チラシやWEB案でも、ちょっとした色目とかアングルとか、些細な注文の変更で赤入れ回収、そして徹夜の日々を倉橋は智樹に愚痴った。

倉橋は社会人になってからの夏、灼熱の昼間、熱を蓄えたコンクリートビルの谷間をハンカチで汗を拭きながら営業で歩いているとき、白い砂地のグラウンドにさっと撒かれた、虹色を帯びた細かな水しぶきを思い出すことがたまにあった。

一緒に思い出すのは、水道ホースを持った、白いTシャツで首筋にタオルを巻いた短パン姿の斎藤玲子だった。蜃気楼のように、あのグラウンドの光景も一瞬脳裏に蘇った。

倉橋らの学年は、入替戦に敗けてからは部室やグラウンドに立ち入ることはほとんどなかった。出入り禁止になったわけではないが気が引けた。斎藤玲子への淡い思いも、淡いままで日々が過ぎていった。合宿も練習もない、好きな時に寝て好きな時に水もビールも飲める夏を二回過ごした。自由だけれど怠惰な週末のおかげで少し太った。大学とも斎藤玲子ともフットボールとも距離ができた。

「おまえはどうや、食品会社は」

「今はスーパーとか商店とか、小売店回りがほとんどやな。あと一、二年経ったくらいから、徐々に商品開発にいけたらと思うけど」

「店継ぐ勉強になるんか」

「まあそれも徐々にな」赤澤兄弟は、別々の食品会社に就職した。もちろん将来、老舗和菓子店を継ぐためだ。

「大樹は、もうやめたがってるけど」

「あいつは、家業継ぐ気あるん？」

「興味なさそうやな。なんか、先輩のやってる婦人服の卸の会社に誘われてるから、そっち行こうかって言うてる。土日はきっちり休めるから、全試合出場できるわ、って考えてるんちゃうかな。今はとにかく社会人フットボールに夢中みたいや」

フィールドでは大樹のチームが、２プレーで難なくタッチダウンした。

「あんなファッションセンスないやつが婦人服の卸って。……けど智樹、この大樹のチーム、けっこうええとこまで行くんとちゃう？」

「社会人の東西のファイナルまで行くんとちゃう？」

「行ったとしても、しょせんはノンプロでマイナースポーツのフットボールやで。金がかさむだけやん」

「遠征費、防具代、合宿費……。このチームは大企業がバックにおらへんから、だいたい持ち出しらしいわ」

「大変やんけ。フットボールで飯は食えんのにな。俺やったら彼女との旅行に使うな。沖縄とか奄美大島とか。グアムもええな」

「女もおらんくせに。南の島にまた得意の妄想してるんか」

「お互い様やん」

「へへっ」

「へへって。えっ……。うそやん、智樹。まさか彼女おるん？」

「倉橋、俺に彼女おっても不思議ちゃうやろ。おまえに彼女おらんのも不思議ちゃうし。律子と会うてるか？」

「こないだ、たまたま盆前に会うたわ」

「おっ。俺の知らんとこでおまえら。で、どうした」

「律子の会社、あの出版会社も、阪神梅田駅の近くにあるやん。俺もたまたま夕方の外回りの帰りにな、地下街のバッタ屋でにせブランドもんの腕時計見てたんや。そしたら『安もん買いの倉橋くん』言うて律子に後ろから声かけられて。安もん買いとは失礼やろ」

「そんなんどうでもええねん。で、そっからどうしてん」

「久しぶりに見た律子はパリッとした白いスーツ着てかっこよかったわ。ちょっと立ち話しただけで別れた」

「それだけ？」

「まあ、一応仕事中やしな」

実際にそれだけだったが、律子が少し遠く見えたような気が倉橋にはした。

「倉橋、おまえらほんまにいつ気がつくんやろ」

第四クォーター入ってすぐ、あのアメリカ人のクォーターバックが50ヤード以上のパスを投げたから観客席がどよめいた。

「うわぁ――！　ノーステップであの弾丸パス、あの弾道！　なあ智樹」

「倉橋、俺こないだな、京子と電話で話してん。大学チームの練習機材の買い替えのことで相談受けてん。業者の連絡先とか」

ロングパスは失敗だったが、歓声の余韻は続いた。

「え――？　ああ、二学年下のマネージャーの子な。松沢京子ちゃんやったっけ。なんやねん急に」

「そう松沢京子。斎藤玲子と同期のマネージャーの子」

智樹の口から思いがけず斎藤玲子の名前が出たから、倉橋は智樹の方を向き直った。

「ん？　どうしたどうした、なんかあった？」

「京子の情報ではな。あの子らも来年卒業やけど、斎藤玲子は決まってた保険会社の就職断ってんて」

「えっ。なんで？　後期試験の前に留年が決まったとか？」

「結婚や結婚」

「だ、誰と！」

「彼氏や彼氏」

カレシ？　カレシ？　倉橋は頭が回らなくなった。智樹が言った。

「俺らと同じ歳の別の大学出身の彼氏。その彼氏は化学製品の会社の社員で、来年春からカナダに海外赴任するねん。ま、要するにエリートやな。そやから玲子も付いていくんやて。向こうで来年の秋に式あげるって。京子が羨ましいです～って言うてた」

「……。斎藤玲子にそんな彼氏がおったん？　い……いつから付き合ってたんや……」

「ずーっと前からやん。あの子が一年生の夏にはもう……」

「おまえそれ知ってたん？」

「当たり前やん。マネージャー間ではみんな知ってた」

「なんでそれ俺に言うてくれんかったんや！」

「マネージャー外秘情報って結構あったんや。女子が多いから、俺も気を遣ってたのよ。どうせ選手の時は女子マネと付き合えんやろ。卒業したらおまえの熱も冷めるやろと思って。それにこれ言うたらおまえショック受けるやろ。まあ俺の優しさと思ってよ」

優しさかどうか知らんが、そんな事実を知ったら、「原因不明の頭痛で」とか言って、いや本当に恋の病で体の調子が悪くなって練習をしばらく休んだかもしれない。斎藤玲子の顔を見ることは、グラウンドに行く数少ないモチベーションの一つだった。

「倉橋、いつから付き合ってたとか聞いてなんになる。きついこと言うけど、おまえの出る幕は最初から無かったってことよ。エリート相手に太刀打ちできんよ。京子が言うには、勉強好きで色白で目が細くて、背は普通くらいの物静かな男やって。プラモデル作るんが趣味らしいで。『玲子って意外とそういう人が好きなんですわ』って京子が言うてた。部屋でイチャイチャしながらボンド付け合いっこしてプラモデル作ってたりして。ハハハ」

――智樹、おまえほんまにきついこと言う……。

「さっ、そういうことで俺、そろそろ行くわ」

智樹が腰を上げた。

「えっ？　なんで一人で帰るん？　まだ試合も終わってへんぞ。俺の失恋を癒やしてくれよ。

飯行こうや。今晩は一緒に飲もうや、な！」

「失恋？　あほらしい。おまえ付き合ってもないやろ、惨めったらしいぞ。玲子のことなんか忘れろ忘れろ。はよ忘れてまえ。男らしく結婚祝いになんかプラモデルでも買うたれよ」

「そうやな……」

「ラ～ブレタ～フロ～ムカナダ～はおまえには来ないから。絶対に。え？　ちょっと古かった？　おかんがカラオケでこれ好きで。倉橋、そろそろ地に足つけろ。俺車やし。ほな」

「車やったら俺送ってよ」

「方向逆や。悪いけど行くわ。どうせ大樹のチームが勝つやろ」

智樹は逃げるようにして立ち去った。

——方向逆や、って……。

倉橋の行く方向を知っているわけがない赤澤智樹の後ろ姿が遠くなっていった。

大樹のチームがそのまま点差を守って勝った。面白くもなんともない試合だった。

斎藤玲子の結婚話を俺に言うのが、智樹の今日の目的だったんではないか、と倉橋は思った。

……さすがにそれはないか……。

倉橋は、試合後のセレモニーも見ず、席を立った。

スタジアムの出口を出たところで、「おい、倉橋っ」とでかい声をかけられた。振り向くと、この十月でも顔面汗だらけの巨人、洞口隆が立っていた。

「久しぶりやなあ倉橋！　もう六年……ぶりかなあ」

洞口が、「時間あるんやったらお茶しよ」と言ってきた。

「お茶やて？　一杯飲みに行こうや」

倉橋は、今日はどうしても飲みに行きたかった。

「ごめん」

聞くと、洞口はよく聞くアパレルメーカーに就職していて、今日は近くであった展示会の手伝いに休日出勤してきたらしい。展示会が一段落したから、上司の許可をもらってこの試合を見に来たが、もうちょっとしたら後片付けで戻らなければいけない、と言っている。俺以外みんな忙しい。

洞口について入った喫茶店で、倉橋は洞口から名刺を受け取った。倉橋も財布の中に挟んでいたシワの入った名刺を渡した。洞口は、アパレルの営業マンらしく、ベージュのジャケットに薄いピンクのシャツ、濃い紺色のネクタイ、グレーのチェックのパンツと、恰幅《かっぷく》が良すぎる身体ゆえ、首から下は少し暑苦しいけれどかっこいい。

「洞口の会社も梅田にあるんか」

お互いの仕事のことを少し話したあと、

「洞口、おまえが阪神大でフットボールしてたってこと、律子におととし聞いてびっくりしたわ」

「倉橋も北摂大学でラインバッカーやってたんやろ。俺も律子ちゃんに聞いたわ。俺は守備タックルやっててん。倉橋と俺が会ったん大学受験の前の年やん。あの時、おまえも野球部引退したばっかりやったし、もう野球はやらん、って言うてたから、てっきり北摂大学に入っても、どっこもクラブに入ってないと思ってたわ。まあ、智樹も一緒の大学行ったからわからんでもないけどな」

「フットボールなんかやったんがいろいろと間違いの始まりやったな」

「なんでやねん。倉橋とこ残念やったな、二部に落ちてもて」

「まあな」

倉橋はそう言いながらコーヒーをすすった。入替戦の二週間後の甲子園ボウル。倉橋はテレビも新聞も観ていなかった。洞口は出場していたんだろうか。

「洞口は、うちとの試合に出てたん？」

「三年の春に途中入部したから、その年の秋と四年の秋に出たで。先発ちゃうけど。その他は、甲子園ボウルや社会人との決勝以外は、リーグ戦や練習試合でちょくちょく出たよ」

見た目、洞口は身長185センチ、体重は120キロくらいか。砲丸投げで鍛えた地力もある。こんな男が控えとは……。北摂大学なら永久無敵のレギュラーだ。

「そうか。気がつかんかったわ。俺は守備やから、メンバー表細かく見るのは相手の攻撃選手になるからな。洞口が入部してるとは思ってもいなかったし、ヘルメット被ってるし」

「お互い、そうなるよな」

洞口が言った。洞口は外見とともに、雰囲気が昔に較べて垢抜《あかぬ》けている。むちゃくちゃぶさいくなぶーちゃんと思っていたが、普通のぶーちゃんレベルにまでになった。

「洞口、おまえ、なんかかわいい子と付き合ってる、って律子が言うてたけど」

「ああ、安藤ルコやろ。あれ芸名やけどな」

「そうそう、安藤ルコ……な。たしかグラビアとかに出てた子ちゃうかったっけ」

安藤ルコなんかほとんど知らないフリを、倉橋は一応した。

「もうとっくに別れたわ。女もあれやな、あんなチヤホヤされたら、わがままになってもてあかんな」

洞口は無表情で言った。言うてくれるなあぶーちゃん洞口が。ほんまはおまえがフラれたんやろ？　かわいそうに、泣いたか？　もうおまえはあんなええ女と付き合えること二度とないで。

倉橋は心の中で洞口を慰めてあげた。同時に自分のことも慰めた。しかし、これが律子の言うブランド力が為《な》せる業かも、とも倉橋は思った。

「倉橋は社会人になってからフットボールしてないんか」

洞口が、またフットボールの話題を振ってきた。

「フットボールを？　俺が？　ふん、あんなしんどいこともうするかいな。今日はたまたま観戦に来てん。智樹に誘われて」

「智樹とも会ってないな。そう、あいつの弟があのランニングバックやったな。ええ走りしてたな」

「……。そういうおまえは、フットボールやってるん？」

「やってへん。けど、この前、今日みたいに社会人の試合観に行って、なんかやってみたいと思い始めてん。今年はもうシーズンに間に合わへんけど、大阪のクラブチームの練習生になって、来年はリーグ戦に出たいと思ってるねん」

「おまえも、もの好きやなあ。仕事で疲れてやっと休める週末に、なんでもっと疲れるフットボールなんかやるねん。いくらおまえは阪神大で選手やってても、ヒットの強さなんか社会人は学生の比やないっていうやんか。ほんでクラブチームやろ。ほぼ手弁当やん。智樹に聞いたけど持ち出し多いらしいで、防具とか遠征費とか。気が知れんわ」

「なんか俺な、やり残したことがある気がしてんねん。引退するまで俺、控えやったしな」

「燃え尽きたい症候群ちゃうか。そら洞口は途中入部やし、選手層の厚い阪神大やからな。それでも、おまえくらいのパワーあるやつもそんなにおらんかったやろ。洞口はベンチプレス何キロくらい上げれるん？」

「１６０kgくらい。俺くらいの体格とパワーがあるやつは他にもおったよ。そうなったらテクニックと経験の差になるからな」

——ひ、１６０kg！　自分が先に言わんでよかった……。

倉橋は3桁がやっとの自分の数値を呑み込んだ。

「フットボールはプレイブックのとおり動かんといかん、っていう自由度の低いスポーツかと思ってたけどな。そうではなかったわ」

——洞口、それはわかる。

フットボールの試合ではだいたい60から70プレー前後の攻撃を互いにするが、チームは当然、もっと多くのプレーが書かれたプレイブックを事前に準備して試合に臨む。洞口の言うようにフットボールは、プレイブックのとおりきっちり動くことだけを求められるスポーツである、というイメージがある。だから選手は、まるで決まった動きだけしかできない盤上の駒に例えて見られる。

バスケットボールもサッカーもラグビーも、どの球技も「セットプレー」というのがあるのに、頻度の差がそうさせるのか、アメリカンフットボールは特にその印象が強いように思う。

「常に俺の前には敵がいるよな。フットボールで俺のポジションからは、右足を斜め前に踏み込んでギャップに突進するように設計されたプレーでも……」

洞口はそう言いながら、スクリメージラインを隔てて対峙《たいじ》した相手選手との熱いバトルを、それ以上に熱く語りだした。

「前の敵を力勝負で押し込んでギャップを潰すのか、それともこっちが敵をぐっと引いて回り込んでギャップを埋めるのか。そんなことを瞬間的に判断して勝負する。プレイブックっていうのは、紙の上に簡単にさーっと線を引いて、その線のとおり動くだけって感じやんか。でもリアルでは、目の前の敵も、同じようなでかいやつが、こっちの予想と違う動きをしてくるし、何よりこっちもあっちも死にものぐるいやからそう簡単にいくわけがないやんか。そやから、もちろん自分のミッションは頭に入れつつやけど、センターからボールがスナップされた瞬間から、男のプライドを懸けた勝負が始まるねん。目の前の敵とはそういう勝負を一試合で何十回も繰り返す。

こいつがめちゃくちゃ強くてうまくて速いやつでも、俺から勝負をやめるわけにはいかん。やられたらやり返さんといかん。

試合に出ている以上、チームの代表やからな、ぶざまに負けるわけにはいかへん。そんな痺《しび》れるような戦いを、俺はもう一度やってみたいねん。俺は、守備タックルはフットボールでいちばん男らしいポジションやと思ってる。仕事だけの毎日は嫌やねん！」

洞口は、倉橋に対してではなく、自分の気持ちを力強く、よどみなく語った。

――ぶざまに負けるわけにはいかへん……か。

倉橋は、アオテンを食らった大樹の一撃を思った。

「守備タックルのロマンはわかるで、洞口。でもな、社会人にもなってあんな防具つけてラインの練習なんかするん、想像もできんわ。社会人になっても夏はくそ暑いねんで。冬はガチガチに身体凍るねんで。春は花粉症で大変やし。あ、これは俺の話やけどな、おまえは知らんけど。……週末の次の月曜日は会社に行かなあかんしな。仕事しなあかんねんで。松葉杖ついても腕吊ってもな。日本にはフットボールのプロは無いからな」

倉橋は洞口に「社会人でフットボールなんかやめとけ、やめとけ」と説得しているのか、それとも「俺は、もうフットボールなんかやりたいとはちっとも思わん」と言いたいのかわからなくなった。

洞口は、倉橋の話を真剣に聞いている様子もなく、自分の話をしたらすっきりして上の空のような顔をしていた。

倉橋和也　十一月の淀川べりに立つ。

洞口隆と再会した三週間後の日曜日の朝九時少し前、倉橋和也は淀川の河川敷にいた。十一月上旬ともなれば、川辺の風が冷たい。

倉橋は、ネットで「淀川シャイニング」というフラッグフットボールチームを見つけ、この代表者である藤下さんという方にメールをして、体験練習を申し込んだ。

『私は北摂大学でアメリカンフットボールをやっていました』という経歴を書いたところ、『フットボールご経験者は大歓迎です。ぜひ気軽に来てください！　年内はあと二、三回で練習は終わりますので』

と返信を頂いた。また同時に『事前にこれも見ておいてくださいね』と、フラッグフットボールのルール集のＵＲＬリンクもコピペされていた。

この三週間、倉橋の頭には、赤澤大樹の充実したプレーぶりや、洞口隆のプレーへの渇望の表情がたびたび浮かんだ。大樹は、学生時代とは人が変わったみたいだった。切迫感もなく、生き生きとプレーしていた。反対に、洞口はどちらかと言うと、切迫感の中に身を置きたがっていた。

──あいつらは、なんであんなにフットボールが好きなんやろ。

倉橋は、それまで洞口のことを少しいじっていたが、あいつの不器用だけれど、真面目で真っすぐで正直な性格が俺は眩《まぶ》しかったんだということを再認識した。彼は、本当に純粋な気持ちで阪神大でフットボールに取り組んでいたんだと思う。しかし、途中入部のハンディや、優秀なライバルが多すぎて先発での試合出場は叶わなかった。洞口みたいな人間こそが、堂々と「やり残したことがあるんや」と言えるんやろうな。

──体が動くうちに、俺もちょっとやろかな。

しかし二人のようにフットボールを今さらやりたいなどとは思わない。俺は防具とは永遠に無縁でいたい。というわけで、フラッグフットボールならと思った。

フラッグフットボールは、アメリカンフットボールから「防具」「タックル」「ブロック」を差し引いたスポーツだと思えばいい。人数はアメリカンフットボールの十一人から五人になる。各自、腰に長いフラッグと呼ばれる布切れを付け、これを相手チームの選手に引かれたらそれがタックルされたことになってプレーが止まる。安全性を重視したスポーツであり、アメリカンフットボールと同様に戦術が必要である。小学校の授業にも取り入れられている──と、もらったＵＲＬのリンク先に書いてあった。

倉橋が河川敷に着いたとき、細身で背が高くて、赤いジャージ姿の男性がすでにいた。ネットで顔写真を見ていたので、あの方が代表の藤下さんだとすぐにわかった。現在37歳。学生時代はサッカーのサークルに入っていた、とホームページには書いてあった。倉橋のところまで走ってきて握手してくれた。

「倉橋さん、はじめまして。メールを頂きまして、ありがとうございました。代表の藤下です。一応コーチも兼任しています。練習に来ていただいてとてもうれしいですよ。倉橋さんは、本格的なフットボールのご経験がありますからね、いろいろとご指導ください」

優しい笑顔にたちまち魅了される。

しばらくして人が集まってきた。藤下さんが号令をかけ、おじさんやおばさんから学生みたいな男女まで三十人くらいがハドルをした。藤下さんが今日の練習の内容を説明し、その後『倉橋さんは大学のアメリカンフットボールの選手でした』と紹介してくれた。一緒に軽くジョギング、軽くダッシュ、軽くキャッチボールなどが続いた。

「さあ、ではスクリメージです」

タックル禁止、ブロック禁止というフラッグフットボールのルールに、倉橋も最初はうまく適応できず苦労した。味方がボールを持てばリードブロッカーになったり、フラッグを取るよりも当たりに行こうとして藤下さんから注意された。ルールはわかっていても身体がそのように動かない。それに、敵に囲まれたら止まらないといけない。倉橋から見て、おじさん、おばさんのような年齢の方でも無駄のない動きをして、さっとフラッグを取ったり、相手をかわしてタッチダウンしていた。

「ナイスフラッグ！」

これがナイスプレーの合言葉だと知った。ボールを懐に抱えるふりをするのもおもしろい。フラッグフットボールでは「パワー」は求められないが協調性がないとチームが動かないのは、アメリカンフットボールと同じだ。プレイブックも相当な枚数があった。ハドルの中でのプレー伝達も円滑に進む。週一回の練習でフットボール未経験者が、ここまでできるものなのかと感心した。

少し腹が出てきた倉橋は体がついていけなかった。

約2時間の練習が終わった。予想を大きく超えた気分爽快さだった。

これから藤下さんの音頭で、近くにある中華料理店に反省会と称してみんなで飲みに行くそうだ。女性同士でタオルで取り囲んでサッと着替えをしている。みんな手際がいい。

「倉橋さん、そこのね、餃子とってもおいしいのよ！　そやから一緒においでよ！」

にこにことプレーしていた四十歳くらいの太ったおばさんが言ってくれた。にこにこしてもうバッグを抱えて歩きだしている。餃子には目がない。腹も減った。

「みんな、このために来てるようなもんやで。あんたも行こうや」

六十歳くらいの白髪を短く刈り込んだおじさんが、馴《な》れ馴《な》れしく肩を叩いてきた。

「行きたいのはやまやまですけど、僕なんも知らんかったから車で来てしまいましたわ」

「そんなもん水かウーロン茶飲んどかんかい。アルコール飲まんかったらええやろが」

おじさんが、急にすごみのある声で言ったから倉橋は一瞬体が硬直した。このおじさんはそう言ったあと、上の道路に上がりかけた藤下さんに、

「藤下さんよう。わしとこの兄ちゃんな、ちょっと遅れていくわ。ちゃんと席取っといてや」

と一転して穏やかな声で言った。

「ゴウヤマさん、わかりました」

藤下さんも大声で答えた。

「倉橋はん、やったな。わしな、ゴウヤマ言いますねん。合うの山な、わかるやろ。わし、ちょっとあんたに相談があるねん」

倉橋は、嫌な予感がした。

「なに嫌そうな顔してるねん」

「僕、まだサラリーマン二年目ですし」

「そやからなんやねん」

「そやから、まだ貯金もあんまりありませんので」

「あほ。誰があんたみたいな見るからにぺえぺえに金たかるねん。わしでもそれなりに見る目あるわい」と言ったあと、

「わし、あんたみたいな男を探しとったんや。意外とはよ見つかったわ。良かった良かった。

はは。ほら、あそこ見てみい」

合山さんが河原の向こうを指さした。フットボールの防具をつけた十人ほどが見えた。淀川の河原で練習しているチームは、これまで阪急電車の窓から何度も見たことがあるから別に珍しくはなかった。

「あそこの連中、みんな高校生や。そこの背の高いやつ。ほら今走ったやん。あんた、ちゃんと見てるか。あれがわしの甥《おい》やねん。高校二年生や。甥ちゅうのはわしの弟の息子や。名前はな……」

合山さんは誇らしげにしゃべり始めた。

――知らんがな。この距離では誰が誰かも見えへんし。

倉橋は、そう思いながらも、

「そうですか。走るん速いですね、甥っ子さん」

と適当に相槌《あいづち》を打った。

「ほんなら、その中華料理店に行きましょか。僕も腹減りましたわ。ビールは我慢して、ウーロン茶飲んどきますわ」

「ちょっとくらい遅れてもええねんって。わしが藤下さんに言うたん聞いてたやろ。ちゃんと席も取ってもろてるから安心せえや」

――なんか話が通じへん。

「おい、なにしてんねん。はよ来いや」

合山さんはそう言って高校生の練習している場所に向かっている。派手なピンクのニットのスラックスに白いカーディガン。カタギなのか違うのか、よくわからない。

倉橋は歩いて付いていきながら、俺はいつ昼飯にありつけるのかと不安になった。

近づいてきた合山さんに気づいた防具姿の高校生たちが、「こんにちは」と一斉に気を付けをして挨拶をした。

――こいつら、単なる選手の伯父さんに行儀良すぎる。

倉橋が感心していたら、ある選手が合山さんを「コーチ」と呼んだ。

――こ、コーチ！　このおっさんが⁉

「指導してた先生がな、今年の春に定年の二年前倒しで退職してもてな。もともと病気がちちゅうこともあったんや。そんで、学校もばたばたしてチームの指導者がおらんようになったんや。三年生も卒業したら人数足りんし、新入生も入れることできへんし。そーゆうことでチームは、一旦解体即立て直し中やねん。それでこの河原で来季に向けて体動かしとこかちゅうことや。それでわしが暫定のコーチちゅうことや」

――事情はそんなとこか。しかし、よりによってこの合山さんがコーチとは。

「で、この人がな」と言いながら、細身の大人を横に呼んだ。細くて小さいからいるのがわからなかった。

「鈴木先生って言うんや。アメリカンフットボール部の顧問や。ほいでも選手歴はないねん。こうやって安全確保の立場で参加してくれてはるねん」

　鈴木先生は倉橋ににこっと会釈した。

「この子ら今のところは、学校のグラウンドも使われへんし、わしも夏過ぎてからここで練習始めたんや。もちろん秋のシーズンは間に合わんで。かわいそうにこの子ら、今シーズン全試合棄権やで」

　――それはそれは。

「でな、このチームをあんたにコーチしてもらおうというこっちゃ。なかなか学校の先生でもフットボールの経験者はおらんからのう。そういうこっちゃ。わしの推薦やったら大丈夫やっちゅうこっちゃ」

　――そういうこっちゃって、は？　こっちゃ、こっちゃってなんやねんそれ！　じじいアホ言え！

「合山理事長、そういうお話でしたか。ほんとにありがたいです。ご推薦すぐに通してみせます、はい」

　横で鈴木先生が小さく手を叩いて喜んだ。

　――理事長？

「頼んだで、鈴木先生」

倉橋が反論する前に、合山さんは「全員、ハ、ドルじゃ！」と叫んだ。とたんに汗臭い選手たちが土埃《つちぼこり》をたてて集まってきた。

「おうみんな。この方が、倉橋はん言うてな、待望のおまえらの新しいコーチや。もちろんアメリカンフットボールの経験者やで。大学でれっきとした選手やったんやで」

「おうっ」

そううれしそうでもない低い歓声と拍手が起きた。

「倉橋はん、わしな、この子らの高校の理事長してまんねん」

――さっき聞いたわ！　ぼけじじい！

「あのね、ちょっと、合山さん、すみませんけどね、急にあの、僕そんな話……」

「つべこべうるさいわい。ほんであんた、どこの大学やったっけ」

選手たちが急に静かになり注目した。

「ほ……。北摂大学、ですけど」

一瞬さらに静かになった。

「北摂大学って強いんか?」と小声で横に聞くやつがいた。「しらん」とか、「まあまあちゃうか」とか言ってるやつがいたが、

「いや、たしかおととし二部落ちしてそのままやで」という声がどこからか聞こえたあと、落胆の、ため息に似た微妙な空気が流れた。

「そんなに偏差値高い大学ちゃうで。俺でも入れるわ」と言ってる、見るからに頭悪そうなクソガキもいた。「えっ。おまえでも入れる大学あるんか」と何人かがチャチャを入れた。

――こんなやつ俺が落としたる！　俺はこのガキどもに値踏みされている！

「おまえら！　そんな贅沢《ぜいたく》言うたらあかん！　なんでもかんでも欲しがったらあかん！」

合山さんがまたいかつい声で制した。

「いえいえ合山さん、僕は四年間一部リーグで戦ったんですよ」

そんなことを胸を張って言ってしまいそうになった。一瞬、あの日、敗戦したスタジアムの控え室で、翌年から二部での戦いを余儀なくされた岡村健太郎をはじめとする後輩たちの泣いている姿が頭をよぎった。大学スポーツでは、「勝つも負けるも最上級生の責任や」、ととことんそう教えられてきた俺が……。合山さんが続ける。

「たとえ、たとえ北摂大学でもどこでもな！　アメリカンフットボールをやってました、で十分やろ、なっ！　二部でも三部でも四部でもええやないかっ！　文句あるんか！　これでもわし、コーチ探すん苦労したんやで、ほんまに。え～、ほんならようやく！　ようやく念願の新コーチを迎えたことやから……」

悔しさと恥ずかしさと情けなさと……。倉橋の嫌な予感は正しかった。合山じじいが延々と話し、その横で鈴木先生がさかんにうなずいていた。倉橋は今度こそ、もう何を言う気力もなくなっていた。

倉橋和也　週末の生活が変わる。

午前中のグラウンドでの練習と教室でのミーティングを終えたら、高校から駅までの途中にある商店街に行って牛丼を食べて、その先のカフェで大きなシーフードピザを分け合いながらビールを飲むのが、倉橋和也と、鈴木先生と、倉橋がコーチとして勧誘した小林さん、三人の週末の流れだった。

鈴木先生はこの高校の国語の先生で四十二歳。奥さんも別の高校の先生で、お子さんはいらっしゃらない。その奥さんもコーラス部の顧問だから、お互い週末が潰れてもそれが普通だと思っている。そう、これが普通と思えばなんともない。

でも倉橋は卒業後、ほぼ二年間の週末は普通に遊んでいたから、この生活に戻るのには気合が要った。

それに鈴木先生は、こうやってたら休みがないじゃないか、と倉橋は心配になる。

鈴木先生は東京のご出身で、高校時代は野球をやっていて、ポジションはライト。甲子園まであと一歩だったんだよとおっしゃっているが、細すぎる体形と歩き方なんかを見ると、ちょっと疑わしい。一回戦敗退で、そこで補欠でも「あと一歩」である。鈴木先生はよく話を聞いてくれるいい人で、こういう三人のミーティングというか、飲み会に必ず参加をしてくれる。

──去年の十一月、淀川の川べりで合山さんにコーチをしろと言われた翌週の水曜日の夜。倉橋は、合山さんの指示に従い、この高校の門をくぐり鈴木先生を訪ねて行った。ハンコ持参、とも言われていた。

身分証明書として運転免許証を提出し、誓約書や何種類かの書類に、言われるがままにサインをしてハンコを押した。なんか大ごとになった、とここに来たことを後悔した。

「ほんとはね倉橋さん、他の理事や先生たちとの面接が何回か必要なんですよ」

「ウッソでしょ！　私、ほんとはやりたくないんですよ。先生も先週川べりで見て知ってるでしょ、私いきなり合山さんに拉致されたんですよ。今からでもやめてもいいですか」

「だめですよっ。絶対に！　私がそれを許しません！」

鈴木先生が会議室に鳴り響くくらいの大声を出したから、倉橋は驚いた。

「だ、大丈夫、ね、大丈夫、合山理事長のご推薦ですから、面接は不要なんです、安心してください」

鈴木先生はなだめながら、倉橋の腕をきつく握ってきた。

「先生、そこじゃないんですけど……。なんで私なんかがコーチなんでしょう」

「そこは倉橋さん、合山理事長の達眼ですよ」

今度は鈴木先生が倉橋の肩をポンと叩いて言った。

「タツガン……って何？」

「倉橋さんの将来性と可能性ですよ。それを理事長はもう正確に見抜いているんですよ」

――淀川の川べりでボール遊びしていただけの俺を見て、将来性を見抜いたと？

鈴木先生のことは好きになりそうだが、なんでこの人はこうも合山さんに心酔しているのかがわからない。合山さんが怖いのか。それは俺も同じだが。ここの別の男の先生が、

「合山理事長に逆らったら……コンクリート詰めされて南港《なんこう》に沈められるで」

なんちゃって！　冗談冗談っ！　と笑っていたが、倉橋は笑えなかった。

しかし、鈴木先生は合山さんのコシギンチャクのようでいて、結構気概はありそうに見える。学校の先生もサラリーマンと同じようなところもあるから、立場でものを言う場面もあるのだなと理解している。それに、鈴木先生は何よりも生徒思いだというのがよくわかる。

鈴木先生と会って何回か川べりでそれらしくコーチしてから年末になり、試験とかも終わり今年ももう三月。

学校のグラウンド使用の許可が下りたが、トレーニング期間だから走ったりウェイトトレーニングするくらいで、防具をつけるフットボール部らしき活動はまだやっていない。

このクラブはちょっとゆっくり再生していいと合山さんに言われている。最初の印象は最悪だったガキどもも、かわいい弟のように思えてきた。

もうすぐ新入生を迎えるな、と言っていたそんな先月、小林さんと出会った。

小林さんは三十二歳で独身。この方も東京のご出身。学校最寄りの駅前のビルの中にある鉄

鋼メーカーの社員で、課長様である。小林さんが会社への行き来の途中、たまたまグラウンドで選手が楕円形《だえんけい》のボールでキャッチボールをしているところを金網にくっつきそうな顔で熱心に見ていて、そこに倉橋が声をかけた。聞けば高校ではアメリカンフットボール部にいて、ポジションはクォーターバックだったと。『いえ、補欠でした』と謙遜していらっしゃる。

中年太りでもなく精悍な体つきはそんな感じもする。で、大学ではサークルでフットボールを続けたらしい。

念願の攻撃のコーチ、いや俺より年上だから監督とかヘッドコーチ候補が見つかったと、倉橋は自分の肩の荷が下りたように喜んだ。

しかし小林さんにそうお願いしたとたん、

「いやいやっ、とんでもない！　それなら僕はやめる！　無理無理！　僕はたまに来る、でいいでしょ、たまに、適当にということで、ね！」

と小林さんが懇願したので、

「ええ！　たまにでいいです！」

と倉橋は勧誘を急遽ソフト路線に変えた。

――この人に辞められたら困る。小林さんは控えめの性格だけれど、いずれ、いずれ監督になってくれるだろう。俺はその時までのつなぎでいい。

しかし、そう言いながらも、小林さんはあれから毎週末来てくれている。

ビールを飲みながら鈴木先生が言った。

「学校にね、部の目標を提出しないといけないんですよ。提出しないといけないのは指導者としての目標なんです。

『生徒たちに対して私たちはこういう方針で指導します』っていう宣言なんです。ほんと教師って何事も目標とか方針とかを紙に書いて出さないといけないんですよ。私ひとりで決めて書けないから、倉橋さんと小林さんも一緒に考えてくれませんか」

「先生、サラリーマンも一緒ですよ。いつもあれ出せこれ出せって。それで、目標って優勝目指します、とかベスト4必達、負ければ私やめます、とか書いたほうがいいんですか？」

小林さんが聞いた。

「まぁそうなんですけど、うちの部は潰れかけて再生したところですからそこまで書かなくていいです。学校もしばらく大目に見てくれています」

ふむ。こういうことを考えるのが苦手な倉橋は、あとの二人の意見に乗っかろうとして待った。

「まずは、【安全第一　健康第二】これでどうですか」

小林さんが言った。

「賛成」

「私も賛成ですが、健康第一はクラブの目標としては……。ここはカットしていいですか」

「賛成」

「倉橋さんも考えてくださいよ。賛成ばっかで」

「はい、でも、ごもっともですよね」

「ん～。ではまず【安全第一】でいきましょう。小林さん、他には？　あと二つくらい。やっぱりこういうのは三つだから」

「もうひとつは迷わず言います。【脱体育会気質】です」

「そのこころは」と鈴木先生。

「体育会って大学での言い方ですけど、気質は高校も一緒だと思っています。私も社会人十一年目。管理職の端くれなんですけど、ほんとに毎年入ってくるんですよ、体育会です！　を売りにしてるおばかな新人たちが。倉橋さんの会社にもいませんか？」

倉橋は、それは俺のことですか？　と気持ちが波立った。

「彼ら彼女らはみんな勘違いしてるんです。会社に入って、速く走る必要もないし、重いものをもち上げるわけでもないでしょ。語彙力もないし、なんでも気合と大声でどうにかなると思ってるし。体育会って先輩やコーチは神様だって、それを同意した上で入部してるじゃないですか。だから、あーしろこーしろって指示も、体育会では実に簡単なんです。

サークルとかは違うんですよ。みんな志向がバラバラだから。コミュニケーション能力が必然と上がるんです。そういうところの出身者のほうが断然使えるんですよ。それは高校もおんなじだと思うんです。学年が上だとか競技がうまいからとかじゃなくて、みんなの意見や希望をきちんと聞いてまとめて、自分の意見もわかりやすく伝えるっていう双方向のやり取りができるリーダーが今は求められてるんです。言葉が少なくても一方的な指示が通る体育会気質って、今の社会じゃ通用しないんです」

「わかります！　小林さん！」

鈴木先生が拍手した。

小林さんの言い方からすると、別に俺のことを言ってるわけではないのだな、と倉橋は安心した。と同時に、倉橋はガソリンスタンドのでぶとんぼ店長と加賀雄一のことを思い出した。でぶとんぼ店長はたぶんあのままだろうけど、加賀はどこかの会社に入って、若くして結構出世頭じゃあないかな。俺は嫌いだったが、しかし俺以外のメンバーの意見のまとめはあいつがやっていて、でぶとんぼ店長との間に入ってたんだろう。確かに仕事はできた。倉橋はそう思った。

「小林さんのおっしゃることはよくわかります。では、小林さんのエッセンスを抜き出して【コミュニケーション能力の向上を目指す】でどうですか?」

と鈴木先生が言った。

「そうですね、そのほうがずばり、でわかりやすいですね。そうしましょう」

小林さんが納得した。

「じゃあ、そのための具体策は、倉橋さん」

「えっと。ポジションごとにリーダーを決める。これは学年関係なしで。下級生たちの意見も取り入れた練習メニューを作って、それをキャプテンたちと調整して……」

「まあ……そんなところですね。あまり形を作らず、とりあえずやってみましょう。コミュニケーションってこれだっていう形はないです。うちにはうちに合ったやり方が徐々に作られていくと思うんです。まずは、小林さんのおっしゃるような縦横な意見交換の場を意識的に作っていきましょう。

それから全員に何かしらのグラウンド内外での役割を、これも学年関係なく一旦与えることも必要です。役割があったら責任も生まれて意見も出る。与えられた役割の変更も追加も削除も生徒間の話し合い次第です。誰一人として傍観者を作らないことですね」

鈴木先生がまとめた。

倉橋はそれを聞いて納得したが、疑問も持った。そうやってせっかくコミュニケーション能力を磨いた将来のリーダー的な生徒が、我が母校のアメリカンフットボール部に入部したら……。

何もかも頭ごなしで、自分の意見なんか言えないし。言ったら言ったですぐに頭でっかちのレッテルを貼られてスポイルされて殴られる。早々に辞めてしまうだろう。夢が失望に変わってしまう。たぶん北摂大学以外でもそんなところはあると思う。いや、そんな会社も……。

——そんなことになったら生徒がかわいそうや！　俺は絶対に生徒を殴らない！

いろいろ考えると倉橋は気分が悪くなった。とりあえず北摂大アメリカンフットボール部は進学先から除外やな。お勧めできない。進学先が決まったらその部の体質をリサーチして、徐々に現実を教えてやろう、これも処世術だ、と倉橋は考えた。

「では、最後にもうひとつどうですか」

小林さんがしばらく腕組みをして言った。

「【アメリカンフットボールの楽しさを教える】はどうですか？　大学で続けるかどうかは別として」

「まとまりましたね。字面もいいし、これでいいんじゃないですか」

倉橋は今度は賛成、とは言わず意見らしく言った。

「じゃあ倉橋さん」

鈴木先生がこちらを向いた。

「倉橋さんが伝えたいアメリカンフットボールの楽しさとはなんですか？　それをどう生徒に教えるんですか？」

「そりゃあ、それは……」

倉橋はとたんに口ごもった。

っけ？

——フットボールの楽しさ？　それをどう教える？　あれ？　そもそも楽しいか？　フットボールって。俺、楽しいなってフットボールやってた

安易な返答にズバッと突いてくるあたり、鈴木先生はやっぱり先生だな、と倉橋は感心した。洞口隆の熱い言葉や赤澤大樹の充実したプレーぶりを思った。

——あいつらならいとも簡単に、「フットボールってこんなに楽しいんやで」って言えるんだろうな。

「倉橋さん、ご経験者として思い出してください。例えば、倉橋さんと一緒で私も昔、野球やってましたけど」

「はあ……」

「野球って、バットとボールとグローブがあったら、それだけで楽しいじゃないですか。キャッチボールしたり、軽くボールをバットで打ったりして」

「たしかに」

「だから、なんでも突き詰めれば複雑で大変なんでしょうけど、導入は比較的楽かなって思うんです。バスケやサッカーやバドミントンやテニスとか。私がたまにやるゴルフとかも。でも、アメリカンフットボールって、ボールって言う割に相手に体当たりすることがほぼすべてでしょ？　みなさんコンタクトスポーツって言うくらいだから。自分から相手に当たりに

行くんでしょ。痛いでしょうし、あんな防具重いし暑苦しいし。格闘技って言われてるけどそうでもない。そこではちゃんと勝敗がつかないですから。当たるのが仕事のラインの選手に、遊びから入るって無理ないですか？　けがしますよ。フラッグフットボールから入る手もありますが、ゆくゆくは厳しい体当たりが必要ですからね。一体何が楽しいんでしょうか？　あったとしたらそれをどう生徒に教えるんですか？　何を新入生に訴えるんですか？」

フットボール未経験者の鈴木先生は、それでも答えを持っているのか、それとも本当に倉橋に教えてもらいたくて聞いているのか判別できなかった。倉橋もそう改まって聞かれると、つらくてしんどくて吐きそうな思い出しか胸の中にない気がする。だったら俺は何を生徒に教えるの？　ただ体を動かして、生徒と笑い合って、それだけでこの数か月満足していた気がする。これを続けていったらいいんだろ、って気になっていた。もともとは、合山さんに嫌々やらされているコーチだし。

「倉橋さん、教えてください……さあ」

——俺は今、鈴木先生に催眠術をかけられているような……。

そんな意識に陥った。グラウンドでのさまざまな光景が倉橋の体の周りを駆け巡ってきた。

——体中からほとばしるような……そんな大きな快感を俺は感じたことがある……。

でもそれはこんな言葉では足りない。あれはなんだったんだろうか……。

試合中に、練習中に、四年間に何回あったか、そのくらいの頻度だが、遊びでボールを投げたり打ったりする楽しさとは全然違う。

——もっと大きくて、もっと深くて、もっともののすごくて……。

倉橋は、自分が四年間つらい練習の部を辞めなかったのは、辞めたいと言う勇気がなかったのだと思っていたけれど、このわかりにくい、人にはうまく伝えられない強い電流のようなものが放電する一瞬が、本当にたまに、忘れた頃に訪れたからじゃないかと突然思った。今、その時の電流を束ねた稲妻のようなものが倉橋の体を貫いている。

——俺は、アメリカンフットボールの魅力の真髄をわかってるじゃないか！

なぜだろう。洞口が語った言葉は体を素通りしたのに、今は洞口以上に熱く何かを訴えたい！

試合でボールを持って突進してきたランナーをバシッと止める。単なるソロタックル。

しかし、自分のこの渾身《こんしん》のタックルが、仲間を大いに勇気づけ奮い立たせることを知っている。仲間のタックルもそうだ。その一発のタックルに至るまでの辛苦の道のりを俺たちはわかっている。みんなが彼の苦労をずっと見てるから知っている。タックルは勇気と根性と仲間を思う気持ちの塊だ！　お互い感謝の言葉も自慢の言葉も発しない。余計なことなど言う必要はない。仲間はヘルメット越しの目ですべてわかる。過酷なタックル練習の成果を出した喜びは、ナイス！　とかオッケー！　とかそんな軽いもんじゃない！

鈴木先生がまた言った。

「倉橋さん、アメリカンフットボールのあのスクリメージラインに立った時のお気持ちは？」

倉橋の身体中の感覚が再びグラウンドに舞い降りた。審判員の声と笛、両チームのコーチたちのだみ声の指示、芝や泥のにおい……。ハドルが解けてスクリメージラインを境にして、敵と対する。

「さあ、次は何やってくるんや！　かかってこんかいっ！」

たとえ、すぐ後ろにゴールラインを背負っていても、たとえ敵のやつら全員がゴリラのようにでかくてバカ強くても、拳を握って仲間みんなでそう叫ぶ。

敵も、「おうっ！　行くぞ！」と応じてくる。

その数秒後に二十二人が、プライドと知力と体力の限りを、すべてを振り絞った激突に出る。あんな体験は、やった者でないとわからない。これはスポーツではない。仲間と共に戦う闘争だ！

だから……。共に戦った仲間も、試合相手の存在すらも、終わった今ではすべてが愛おしい。憎らしいほど強くてしぶとい敵が存在しないと、こんな心の境地にはならない。思えば、敵と戦う前の数日、数週間、数か月間も、敵のことばかり考えている。敵チームの「あの位置にいるあいつ」のことが気になって気になって仕方がないのだ！

大樹だって……。俺は今すべてをわかっている！

つらさや痛みや悔し涙が落ち葉のように重なり合って、考えることも放棄していて、大事な宝物が隠れて見えなくなってしまっていた。ほとんどの努力は形になって返ってこない。何をやっても報われないと悔し涙を流す時もある。そして屈辱は、数の上ではるかに多い。倉橋は目頭が熱くなってきた。

美しく見える記憶は少ないけれど、抱きしめて磨いてみれば、それは鈍くて強い光を放つ。雪のあの日、背番号44の強烈なダイブが蘇ってくる。大樹は第一線を抜けると、視線を上げて俺の目を睨んだ。一瞬時が止まったように感じた。大樹を倒すためのタックルで、ヘルメットが割れるかもと感じた衝撃と、脳みその中でスパークした星も、大樹の身体の硬さや腰の太さも、首が持っていかれそうな恐怖も、俺の記憶からたぶん一生離れない。はたから見たらみじめなアオテンもしたが、生きるか死ぬかの疑似体験はアメリカンフットボールならではだ！

しかし、これをどうやって教えたらいいのだ？

「だから倉橋さん、そういうのを教えたらいけないんですよ。教えるんだって意気込んでも、それはとてもちっぽけなことなんです。『俺の経験、すっごいぞ！　いいか……』って、偉そうに教えるような人はしょせんクソなんですよ！」

鈴木先生の声で倉橋は目が覚めた。

「ちっぽけ……クソ……？　鈴木先生……」

倉橋はいつになく熱く語る鈴木先生を見た。

「大事なのは教えることじゃないんです！　決して！　倉橋さんの四年間のいろんな思い。これ、言葉でこうだって教えられましたか？　本でも渡されましたか？　そうではないでしょ！　あなたご自身が体全体で感じたんでしょ！

さっきまでお忘れだったたかもしれないけれどね！　大事なことは、生徒自身にその場その場で何を感じてもらうか、何を発見してもらうかなんです！

私たちはその手助けをすることに徹しないといけないんです！　生徒たちが、それぞれのものを、倉橋さん、あなたよりももっとすごいものを自ら発見して体験してくれるまで、ひたすら待つんです！　たとえ行き当たりばったりに見えても粘り強く待つんです！　教えたるなんておこがましい！

よって、目標は【アメリカンフットボールの楽しさを教える】ではなく、【生徒にアメリカンフットボールの素晴らしさを発見してもらう】にしたいです。小林さん、倉橋さん、いかがでしょうか！」

小林さんがうなずいた。「おっしゃるとおりだ！」

「私はね、生徒を応援するのはもちろん、倉橋監督も熱烈応援いたします！」

「す、鈴木先生～！」

倉橋は涙が出てきて鈴木先生の手を強く握った。「僕も！」小林さんも言ってくれた。

――俺もこんな指導者に出会いたかった……。粘り強く待ってくれる指導者に……。

鈴木先生は倉橋の手をほどきながら、「では……」と春先の予定の説明に入った。倉橋は、予定の話は右耳から左耳に流れていった。

【生徒にアメリカンフットボールの素晴らしさを発見してもらう】！

聞き惚《ほ》れる言葉だ！　深い……。そして、ひたすら待つ……。粘り強く……。難しいけれど、俺にもできるかもしれない。語彙力のない気合だけの俺でもできるかもしれない！　選手としてこれといって取り柄のなかった俺でも、ここで役に立つかもしれない！

鈴木先生や小林さんが俺のそばにいてくれたら、素晴らしい仲間がいてくれたら、こんな俺でも生徒の力になれるかもしれない！

倉橋はあふれた涙をトレーナーの袖で拭いた。そして、俄然《がぜん》やる気が出てきた。

「あ、それから……」

鈴木先生が、倉橋の方を見た。

「合山理事長がね、近いうちに倉橋さんに嫁ハンを紹介するんや、っておっしゃってましたよ」

「ひゅうひゅう～うらやましいなあ～。倉橋さ～ん！」

同じく独身の小林さんが言った。

「小林さん、代わりましょか」

小林さんは大げさに手を振った。

「僕はノーです！　ノー！　合山理事長のご指名だから！　倉橋さんはゴーゴー！　レッツゴ

「倉橋さん！　ゴーゴー！　倉橋さ〜ん！」

鈴木先生と小林さんは、体を揺らしながらずっと上機嫌で笑っていた。


一か月後、土建業の寄り合いの会長もしている合山さんに、なんばの料亭に呼ばれた倉橋は、そこで大阪の南方面でセメント会社を経営している社長の一人娘、梶山《かじやま》さなえを紹介された。倉橋より一歳年下だった。

合山さんの紹介を断ったら何をされるかわからなかったので、しぶしぶ会いに行った倉橋だったが、そこにいたのは意外にも倉橋の全くもって好みの女性だった。

目がくりっとしていて、ぷよぷよしていて、胸が大きくて、舌足らずの話し方も大いに好みだった。斎藤玲子が少しダブった。

出会って半年で結婚した。仲人は言うまでもなく合山さんだった。

高見宏太　ある夏の夜の曽根崎二丁目のバーで岩下律子と。

「ねえ、ねえって。律子さん」

「は？　なに？」

「もー。心ここにあらずって顔してましたよ」

　高見宏太は、学生の時と同様に、勤務先の出版会社でも先輩になった岩下律子と飲んでいた。律子はスコッチウイスキーのオンザロックの三杯目を飲んでいた。

「そう？　で、なによ」

「こんな時間、もうすぐ十一時回りますけど、いいんですか、ご主人に電話もしないで。一応僕も独身の若い男ですからね。男とこんな時間まで飲んでて、怒られないんですか」

「あ、大丈夫、大丈夫。特に相手が君なら、なおのこと大丈夫」

「失礼ですよ、僕にそれ。律子さん、ご主人とうまくいってるんですか？」

「なんでそんなこと聞くのよ」

「最近、っていうかずっとご主人の話も出ないし」

「うまくいき過ぎてるっていうか。波風一つ立たないのよ。彼は優秀で、仕事もできるし、ちゃんと稼いでるし」

「そりゃそうでしょうよ。ご主人は優秀な銀行マンですし。落ち着いてて、律子さんより五つくらい上でしたっけ」

「六歳上。私が小学一年生のとき向こうは中学一年生」

「そう考えたらだいぶ上ですよね。大人の落ち着きがありますよね」

「大人過ぎて、私のこと特に気にしてないのよ。だから今頃飲んでても問題なし。怒ったりなんかしないのよ。君と飲んだ時に話すような、ばかげた失敗話もないし」

「律子さん、そう言えば、僕先週の日曜日、倉橋さんとばったり会いましたよ」

「え、うそ」

「うわ、やっぱり倉橋さんのこと未練あるんですね」

「未練もなにも……。君ちょっと誤解してるよ」

「そうかなあ」

「で、倉橋くんどうしてたの？」

「気になるんですね、やっぱり倉橋さんのことが」

律子はなんでもなさそうな顔をして横を向いた。

「阪急梅田駅のコンコース歩いてたんですよ。『高校の試合の帰りや』って。奥さんと一緒でして」

高見はそう言って、律子がどんな反応をするのか確かめようと思った。

律子は、「ふ〜ん」と言ったあと、

「奥さんのさなえさんね。かわいくて、ちょっとぽっちゃりして、いかにも倉橋くんの好きそうな子だった」

「奥さんのことご存じなんですか」

「何言ってるのよ。私、倉橋くんの結婚式披露宴に出席したのよ」

「そうでしたね。二次会には来なかったけど。でもその後の、去年の律子さんの結婚式に、律子さんは倉橋さんを呼ばなかった」

「それはさあ、人数の関係でね。ほら、智樹くんも片桐くんも呼んでなかったし」

「律子さん、僕の目は節穴じゃないですよ。あの人たちを呼ばなかったのはカモフラージュでしょ。倉橋さんだけ呼ばなかったら、自分の気持ちがバレてしまうから」

「君ねえ」

「それなのに、あの倉橋さんは自分の結婚式に普通に律子さんを呼んだ。なんの遠慮も考えもなく。ほんとにデリカシーのかけらもない人ですよ、あの人は！」

　先週日曜日の夕方、高見宏太は阪急梅田駅コンコースで、下を向いて歩いているジャージ姿の倉橋和也を見つけた。

「倉橋さんじゃないですか！　お久しぶりです！」

倉橋と会うのは三年ぶりか？　たぶん倉橋の結婚式の……あの史上最悪の二次会以来だった。

「高見くん、お〜！　ちょっと待ってよ」

生気のない顔がぱっと明るくなったようだった。

「——さなえ、さなえちゃんって……」

倉橋はそう言った。

最初、高見にはその存在はわからなかったが、奥さんのさなえはだいぶん先を歩いていた。

さなえに追いついた倉橋は、高見の方を小さく指さしたりして話していた。自分のことをいろいろと説明しているんだな、ということは高見にも遠目でわかった。その後、さなえは東梅田駅の方向に向かって一人で歩いて行った。倉橋との別れ際、ぷいっとした様子もわかった。

「高見くん、ほんま久しぶりやな！　一杯行こうや。ええやろ？　どうせ暇やろ？　なっ」

倉橋は畳みかけるように言ってきた。

——どうせ、は余計やろ。変わらんなこの人は。

「僕は大丈夫ですけど、奥さんええんですか？」

「ええに決まっとるがな！」

またも相変わらずの強がりを言った。

倉橋の結婚式の二次会は、すごかった。新婦のさなえが、終始にこりともせず、司会者の問いかけにもずっと無言だった。場が静まり返っていた。いや、凍っていた。司会者もかわいそうだった。なんの余興も盛り上がらなかった。さなえは、数少ない新郎側の女性出席者を睨んでいた。

二次会の出し物で下半身を丸出しにするとか、ゲロを吐くとか、そんなほうがまだいい。あとで笑える。あれは史上最悪の二次会だった。

こんなモテない倉橋さんに嫉妬したり、何かあるのか不安なんだろうか。倉橋さんも、何がうれしくてこんな無愛想すぎる女と結婚したんだと高見は思った。

見た目はわかる。ロリで巨乳。無論、自分も大好物だが、あの仏頂面を見たら、すべて打ち消されてしまう。見た目で結婚したらえらい目に遭うことを倉橋が教えてくれた。

で、倉橋に付いていって入ったこの串カツ店。ここは、梅田東通り商店街。高見は少し期待した。

乾杯の後、倉橋は高校フットボールについて実に饒舌《じょうぜつ》に語った。

今日の練習試合で惜しいとこでキックが入らんで、とか鈴木先生や小林さんという方のこと。なんでも困ったらとりあえず合山さんというやーさんみたいな理事長に相談したら、予算をつけてくれること。その代わり数か月はネチネチ言われること。選手の数が二十五人を超えたこと。最近プロテインが値上がりしたこと……。

高見にとっては、とりあえず今日はどうでもいい話題ばかりだった。しかし、倉橋さんっていつからこんなにフットボールが好きになったんやろ？

彼のフットボールについて語るしゃべり方は、以前とは別人に見えた。

「倉橋さん、それでご結婚生活は順調なんですか」

とたんに倉橋は下を向いてしまった。

「君も結婚したらわかる、このつらさが」

――結婚じゃなくて、問題は相手でしょうが！

しかし、酒のせいか、ようやく倉橋は強がりを捨ててきたように見えた。高見の思惑どおりに進みそうだ。

「僕ではわからないおつらさがあるようで、倉橋さん。どうですか、今晩は奥さんも公認の飲み会なので……。さっきアリバイもしっかり作られたようですし。なんせここは、倉橋さんお得意の梅田東通り商店街ですからね！　僕ちょうど、へへ、珍しくも万札が財布の中に三枚もあるんですわ！　これで足りるでしょ！　この後、いいお店連れていってくださいよ。ご存じなんでしょ？　安くて楽しめるメンズのためのナイスなナイトスポットを！」

昔から倉橋のことは大した男だと思ってもいなかったが、「同好の士」であることは認識していた。であれば、この先の行動についていささかの意見の相違もないはずだ。何種類もの風俗を行き倒したこの男だから、さぞやいいところを……。

――倉橋さん！　そこで今晩だけでも元気になったらいいじゃないですか！

「絶対にそんな店には行かん。いや、行けない」

倉橋は、そう言いながら大きなリュックサックの底に手を突っ込んだ。

「……これや」

倉橋はなぜか小声で、高見に手の中の黒いものを差し出した。

「あ、これ！　アイフォンっていうやつじゃないですか。携帯と全然違うんでしょ？　でかいな。倉橋さんすごいですね、こんなもんに興味あったんですか。僕も初めて見ましたよ。というか、さあ行きましょうよ。ええお店に！」

「しっ！」

倉橋は人差し指を立てた。

「……この中にじーぴーえすが入ってるねん。声も……録音されてるかもしらんねん」

「それ、ＧＰＳってやつですか。倉橋さん、誰かに追跡されてるんですか？」

倉橋はアイフォンをまた、リュックの底に押し戻してホッと一息ついた。

「こうやってずっとリュックの底に入れてるねん。これ、俺がさなえちゃんに持たされてるねん」

「奥さんが詳しいんですか、そんなことに」

「全然。そんなことに詳しい人間に頼んでるねん。あいつのバックにいろいろおるねんって！　俺もこれの使い方よー知らんし」

「大丈夫ですよ、倉橋さん。そのリュック、駅のロッカーに入れたら、そしたらバレませんって！　僕らずっと梅田駅にいて立ち話してた、としたらいいんですよ！　ほら、時間が遅くなったら段階的に料金も高くなりますよ。早くって！」

倉橋は頭を横に振った。岩のようにここから動かない、そんな宣言をされた気がした。

そして、一杯、二杯飲むごとに、

「あ～　家に帰りたないな～　帰りたない～　帰るんいやや～……」とつぶやきだした。

高見は実家で昔飼っていた去勢されたオス犬を連想した。去勢されても犬はかわいい。

しかし、この男は……。もう終わったな……。


「そうですよね。あんな、いつもでかいことばかり言う割には、結果は大したことなくて、怖がりなくせに強い男を気取って、何事もええかげんで、あんな男……」

高見は先日の倉橋との一件を思い出したら、はらわたが煮えくり返ってきた。完全に不満足な夜だった。

「君、倉橋くんとその日なんかあったの？」

「いいえ！　特に！」

「そうかなあ」

それから無言で二人で飲んだ。しばらくして岩下律子が言った。

「他の誰よりも人間的なのよね、倉橋くんって」

――ああ……やっぱり……。律子さんは。

この二人はこのまま並行して人生を歩んでいくんだろうか。二人共結婚してしまったけれども。それにしても、あの倉橋って男は。あんな男の魅力なんて自分には全くわからない。

「楽しかったね。ゆるくて生暖かかったあの頃が」

酒に強い律子が、珍しく酔ったように見えた。

あの日、倉橋さんは、高見と串カツ店を出て別れ際にこう言った。

「律子とおんなじ職場やろ。元気にしてんの？　家の話なんかするん？」

「ええ、律子さんはむちゃ元気ですよ！　公私ともにむちゃくちゃ充実されてますよ！」

それを聞いて倉橋さんが、少し寂しそうな顔をしていたことは、少なくとも今夜は律子さんに言わないでおこう。高見はそう思った。

倉橋和也　ある年の師走の夜　合山さんとさしで飲む。

年の瀬が近くなったある夜、倉橋和也は、東大阪の近鉄布施駅近くの天ぷら店のカウンターで合山さんとさしで飲みながら、改めて今シーズンの報告をした。合山さんが理事長を務める、淀川区にある私学男子校のアメリカンフットボール部を指導してきた倉橋だったが、今年、府大会二回戦突破までいった。合山さんは報告を受けてご満悦の表情だった。倉橋は、合山さんが試合に負けてしょんぼりしている選手に、「次頑張りーな」と肩に手をやって慰めているのを何度か見た。彼のことをそろばん勘定が得意な勝利至上主義者と見ていた倉橋だったが、案外そうでもなかった。息子や孫を見るような優しい顔も持っている。が、油断は禁物である。

「倉橋監督はん、来年こそ優勝やで、頼むで。わしの監督人選の眼は確かやった。やっぱりわし、人を見る目はあるなあ。はっはっ」

「合山さん、優勝ってそれは気が早いんちゃいますか。まだまだですわ。やっと二回戦勝てたくらいですし」

苦笑いする倉橋の額に、プレッシャーとは別の汗が流れた。この店に来るのも足が重かった。

四年前淀川べりで、合山さんに強引にコーチに指名された倉橋は、勤務先では相変わらずぺいぺいだったが、このチームでは、コーチから監督に即昇格した。もっとも暫定の監督は鈴木先生だったので、倉橋が実質最初から監督だった。あとから参加してくれた小林さんもコーチを続けてもらっている。

倉橋も無理やりやらされたコーチ業だったが、教えたらすぐに吸収し、実践しようとする高校生たちの前向きさに背中を押されてなんとか続けてこられた。鈴木先生と小林さんのおかげだ。

倉橋は、指導面においてこの二人からようやく独り立ちしてきた実感があった。

「今年のあの、クォーターバックの子」

「宮川ですね」

「あの子ええなあ。背も高いし、投げるんうまいし、スクランブルになってもびびらんし」

合山さんはフットボール用語には詳しくなって、すぐ使いたがる。

「ロールアウトしてからのパスもよう決まってたし、ゴールライン前のプレーコールも……」

「ええ、確かに彼はいいクォーターバックになりました。それに、まだ背は伸びてますよ」

「今彼は二年生か。大学からひっぱりだこやな。有名大学行ったらええねんけどな」

合山さんが、卒業生の進路にしつこくこだわるのは理事長だから当然だと思っているが、倉橋は、選手が安全に高校での選手生活を終えてもらえたらそれで十分だと思っている。

選手たちはとても仲が良く、常に自分たちで問題を解決しようとしている。その雰囲気を倉橋は愛していた。

コーチ就任間もなくの時に決めた、我々指導陣の目標、

【安全第一】

【(脱体育会気質からの)コミュニケーション能力の向上を目指す】

【生徒にアメリカンフットボールの素晴らしさを発見してもらう】

小さくプリントアウトしたものをパウチに挟んで手帳に入れている。二つ目はそこに至る経緯も書いた。自分がこれだけコーチングに熱心になれたことが不思議だった。それを考えると、今から合山さんに話すことが余計に忍びなかった。

「実は、合山さん」

「なんや」

「私、来年春から東京に転勤になるんです。会社も、私が高校のコーチしてること知ってますから、例外的に早めに教えてくれまして」

「いつもは急なんか」

「はい、内示って北海道行けや九州行けや、いうのもいつもはたった一週間前ですよ。ほんま非人情な会社ですわ」

「ふん。どこでもそんなもんやろ。で、それがどないしてん」

「ですから私、もうコーチできないんです。申し訳ありませんっ」

「なんでやねん。どうってことないやんけ。東京から新幹線で通たらええんや」

合山さんは「ハイボールおかわり」と店員に言った。

「いや、さすがにそれは」

「できんことないで」

合山さんはなんでもない顔をした。

「すみません。今まではんまにありがとうございました。私、コーチなんて自分がしたいとか、できるとか思ったことなかったんですけど、合山さんにやらせてもらってほんまに楽しかったです。あの時、淀川の川べりで合山さんに声をかけてもらって、ものすごくうれしかったんです。合山さんにはお礼しかありません」

一気に言った。本音とよいしょを混ぜて言った。

新幹線で通え、は予想していた。合山さんに先立ち、先週鈴木先生と小林さんに事情を説明した時はつらくて、二人とも泣いてくれた。そこでも、新幹線利用はできないの？　と二人は言ってくれた。一年くらい前だったらそれをありがたく受けていた。しかし、今はその気持ちがない。

倉橋は、そこで深めの呼吸をした。

「それから、もうひとつ、今晩は申し上げたいことがあるんです」

話を聞いているのかいないのか、合山さんは海老の天ぷらを口の中でもぐもぐしていた。

「実は、さなえのことなんですが」

「さなえちゃんがどないしてん」

合山さんが向き直ってきた。

「話し合いの上で、このたび離婚することになりました。仲人の合山さんには重ね重ね大変申し訳ありません」

「へええ」

合山さんはしばらく無言で飲んでいたが、

「梶山はんからな、だいたい聞いとったわ」

お義父《とう》さんから……。それやったら話が早い。倉橋は少し気が楽になった。

「ほんなら……だいたいそういうことでして」

「情けないのう。スピード離婚やな」

「三年もちました」

「ぎりぎりスピード離婚や。早すぎるっちゅうねん」

「来年春に離婚します。転勤と同時に。実は私、もう家出てますねん」

「なんであんたが家出てるんや」

「あのマンション、長堀橋の中古で買うた２ＬＤＫのマンションですけど、ローン支払ってるのは私ですけど、頭金はお義父さんからも出してもらいましたし」

「梶山はんからは深い理由は聞いてへんけどな。何があったんや。風俗通いがばれたんか」

「いえいえ！　もう風俗には結婚以来しばらく行ってませんわ」

「もうって、ハハハ！」

合山さんが大笑いした。倉橋はさらに汗をかいた。

「そしたら浮気したんか。子供も作らんと外に女作ったんか。それとも借金こさえたんか。週末はフットボールの指導あるから、ギャンブルはせえへんわなあ」

「性格の不一致、です」

用意していた答えをはっきり言った。ありきたりではあるが、これがいちばん正しい表現であると倉橋は思っている。最初はかわいいと思っていたさなえだったが、世間知らずのお嬢様の言動に、少しずつ違和感を覚えた。異常に嫉妬深いし、束縛もしたがる。

「私のことなんと思ってるの！」

これがさなえの口癖だった。そう聞かれても……。いつも口をもごもごしているうちに、また「私のことなんと思ってるの！」と言われてしまう。

倉橋の帰宅が少し遅いだけで機嫌が悪くなり、口を利いてくれない。感情の起伏が激しいから、いちいち対応していると、とても疲れる。よって、倉橋は週末のフットボール指導に、自動的により一層熱が入るようになった。フットボールの指導は、親が付き合いのある仲人の合山さんの関わりだったから、さなえも最初は黙っていた。

試合を見に来ることもあった。しかし、試合が終わってコーチミーティングをしていたら、

「ねえ早く帰ろうよ」と子供みたいに駄々をこねてきた。「よっ、愛されてますね、倉橋さん」とそばで見ていた鈴木先生や小林さんは冷やかしていたが、何度もそういうことがあったから、もう二人とも何も言わなくなった。限界だった。

この生活を続ける熱意は、倉橋の体の中のどこからも出てこない。

「あんたもさなえちゃんと会うて、あの子の性格も見定めんとすぐ結婚したからや。さてはあの乳に惚れたんか！　でか乳に一目惚れか！　ハハハ！」

——下品すぎる。仲人の言う言葉か。しかし当たっている。半分くらい。

「わしの顔に泥塗って、後ろ足で砂かけて、あんたは来年の春おらんようになるんやな。恩知らずが。わしは人見る目確かや言うたん撤回するわ」

そう言いながら合山さんは、ハイボールをまた呷《あお》った。

「あんた、東京のどこに住むねん」

「北区の赤羽です。駅から十分くらいに寮があるんです。私、どんなとこかさっぱりわからんのですが」

「おもろいとこやで。神戸で言うたら三宮《さんのみや》と新開地《しんかいち》を足して2で割ったようなところやな。男が遊ぶとこようさんあるわ」

「ほ〜」

「遊んだらあかんで」

「えっ。いや、そりゃもう私、仕事一筋で……」

「東京の高校でコーチするんはどや」

「東京で？　ほいでもあそこは……」

コーチしていた高校の系列校が東京都の足立区にあった。でもあそこにはアメリカンフットボール部はない。

「こさえたらええがな。あそこの高校な、勉強も部活もひとつやねん。活気付けたってえな。少子化の波に勝たんとうちも潰れてまうねん。赤羽からはすぐや、隣や。頼むわ、このとおりや」

合山さんは態度を急変して、なんと倉橋に手を合わせてきた。

「さなえちゃんも乳も忘れて、東京の高校で頑張ってえな」

女も乳もしばらくいい。思いもよらぬ話を聞いたあと、倉橋は少し黙って酒を飲んだ。

「つらかったか、倉橋はんも」

今度は合山さんが倉橋の肩に手を置いた。

「ええ、でも自分のせいでもありますし」

「わしもな、二回離婚したんや」

何事も普通ではない人だとは思っていたから驚かなかったが、それであんな説教するか……。

「つらいのう、離婚ちゅうのはなあ。周りの人間はひと事やけどなあ、わしはわかるで、倉橋はん。わしの場合、娘が二人おったからのぉ」

合山さんの目にうっすらと涙が見えた。

「えっ、合山さん……さぞおつらかったんですね」

「そやからな、あんたの気持ちようわかる。関西離れたいちゅうあんたの気持ちも、ようわかる」

いろんな言葉を倉橋は呑み込んだ。

さなえがいる大阪、彼女の家族、親戚、友達、知り合いや、行った店なんかがある関西をしばらく完全に離れたかった。その気持ちが今回の異動の話を歓迎させた。離婚騒動は、少なからず倉橋の心にダメージを与えていた。

「東京の先生らにも話つけとくわ。仲人としてな、これでさなえちゃんのことはちゃらにしたる。なっ、倉橋、新監督はん」

ほい、乾杯し直そか。合山さんはそう言って、元の強欲な笑みを浮かべた。

倉橋には、合山さんのほんの少しの涙も、手を合わせての懇願のポーズもひどく安っぽく見えた。倉橋は、そう思いながらも、これは悪い話ではないと思った。

フットボールのコーチングは意外にも自分に合っている、四年間でそう思った。新天地東京での仕事への適合、知らない街での一人住まい。しかし、東京で今と同じコーチング生活ができるなら。

合山さんにすれば、大阪は軌道に乗ったから次は東京を、ハハハ、こりゃ渡りに船や、という魂胆だろうが。

この話、乗っかってみようか……。倉橋は、桜の季節が少し楽しみになった。

野村淳一　夏の日の午後の病院で。

脇に汗をかいて病院の出口にさしかかったとき、野村淳一は、目の前に現れた、反対に病院に入ってこようとする男を見て、思わず息を呑んだ。

「ああ、今日も来てくれたんや」

赤澤大樹とそっくりな男、双子の兄の智樹が言った。

ようやく彼の顔に慣れてきたが、いきなりだと、それも大樹を見舞った直後だとまだ少し驚いてしまう。

「野村、急いでる？　ちょっと時間あるかな？」

「うん、もちろんええよ」

野村が、智樹と会うようになったのは、ここ一か月ほどのことだ。

三年前、社会人選手だった大樹が、腰を強打してここに入院した。その時にたまたま検査した大腸にポリープが見つかり、切除した。二か月前に体の不調を訴えた大樹が再びここを訪れたとき、大腸ポリープの再発が見つかり、入院した。野村は見舞いで、智樹と病室で初めて会った時はお互いがぎこちなく敬語でしゃべったが、すぐに彼とは打ち解けた。

野村が初めて智樹を見たのは、大学四年生の秋のシーズン、入替戦の相手と目していた北摂大学のリーグ戦を観戦した時だった。

——え？　あれが大樹の双子の兄貴なんか？

観客席から見えた智樹の雰囲気は、大樹とは全く違っていた。チームの中で常に王様の振る舞いの大樹と同じ顔の男が、けが人の救護や、アイシングバッグを選手の首に当てたり、ボール磨きなんかを一生懸命きびきびとやっている姿が、不思議でおかしくて仕方がなかった。

といっても、その時はそんな感想を持っただけだった。八年経ってこうやって会うことなど想像もしなかった。

野村は、智樹に従って待合所の長椅子に座った。

「いつもありがとう。今日はどうやった、大樹は」

智樹が言った。

「うん……」

「痩せたやろ、また急に」

「そう……やなあ」

二週間前にここに来た時より、明らかに大樹は痩せていた。そして、ほとんどしゃべらず寝ていた。といって、気軽にそう答えていいのか、野村は一言を言うのにもためらった。

「他の……見舞いの人はどう言うてるんやろね……」

野村淳一は苦し紛れに言った。

「他の？」

「小学校とか中学校とかの友達や仕事関係の人とか」

「見舞ってくれてるんは野村だけやで」

「僕だけ？」

「そうや。大樹が嫌がるんや」

野村は意外だった。大樹はちょっと変わったやつだったが、友人がゼロのタイプとは思えなかったからだ。

「いや、大樹にも少ないけど友達はおるんやで。そやけど見舞いに来られるんを嫌がって会わへんねん」

智樹が言った。だったら、なおのことなんで僕なのか。

「学生時代の、いい思い出を共有してるんが野村やと思ってるんちゃうか。一緒に頑張って入替戦でうちに勝ったたし」

確かに、大樹とは四年間同じチームで頑張った仲だったが、親友と言える感じはなかったし、そもそも反目していた。それに、野村が社会人になってから大樹と会ったのは、他の連中もいた同期会ぐらいだった。

「それとも……」

智樹が言った。

「あいつは絶対に言わんやろうけど。自分の弱いところ見せれる、見せてもええ相手は野村だけやと思ってるかも」

「いや、あいつ、僕の前でもかなり強がってた……けどなあ」

強がってた、と言うより強かった。

野村は、智樹が言った理由を、大学時代のいろんなシーンを反芻《はんすう》して確認しようとしたが、これだ、と言えるところが思い浮かばなかった。

野村淳一の大学時代のクライマックスは、智樹が言った学生最後の試合、入替戦勝利だった。今考えてもよく北摂大に勝てたと思う。高宮と西田はけがするわ、大樹が急にウィッシュボーンやれ言うわで、試合前の二週間は密度が濃くて、そして、いろいろありすぎて疲れたからあんまり覚えていない。最後のゲームオーバーの笛ですべてが報われて、かき消された気がする。

その時突然、「悪かった」と野村に言った大樹の顔を思い出した。いつ、どこで?

……そう、場所は、暗くて寒くなったグラウンドだった。

たしか、練習の終わりくらいに……。あの時、大樹は何を悪かった、と言ったのか。なんだったか……。

「倉橋」か。倉橋和也や。あいつがプレイブックを盗み見したんや、と大樹から聞いて、それで僕は怒ったんやった。怒った相手は大樹に対してだったか、倉橋に対してだったか。

京阪大学は入替戦勝利の翌年から一部リーグに参戦し、ずっと落ちていない。対して北摂大学は二部のままだ。三年前は二部でも最下位になり、三部落ちの危機もあったようだ。二つのチームの将来の明暗がくっきりと分かれた試合だった。

「智樹、倉橋っていうやつ、北摂大学にいたよな」

「ああ、倉橋がどないしたん？」

「今も元気なん？」

野村は、聞き方がまずかったかと焦った。

「ああ、あいつは病気もしてないはずやで。今、東京におるわ」

「あ、そういう意味ちゃうねん。ごめん」

「ええって。野村は倉橋と知り合いやったんか？」

「いや全く。もう昔のことやけど。ほら、俺ら最後の試合の、さっきおまえが言うてたお宅との入替戦のことやけど」

「うん。回りくどいなあ。うちが負けた入替戦、あれがどないしたん」

「あの試合の前、倉橋から、うち京阪大の情報ってなんか入ったか」

「倉橋から？　なんも」

智樹が、とたんに険しい顔をしたから野村はしまった、と思った。

「いや、大したことちゃうねん。ほら、僕ら京阪大はあの時ショットガンやめて、ウィッシュボーンやったやろ。あれ、試合前から知られてたんかなって思って。倉橋は守備でラインバッカーやってたから」

「俺自身はウィッシュボーンは初めてやった。レシーバー二人けがしてたんやね。サイドラインにおったんは確認したよ」

――倉橋はうちのプレイブックを大樹の部屋で盗み見したのに、北摂大学は、事前にうちのウィッシュボーン対策は全然してないんじゃないか。

あの試合中、思いのほか進む攻撃を指揮していて、野村は少し不思議に思った。いや、やってもどうせ大したことないだろうと僕たちは軽視されていたのだ、ばかにしやがって。

野村はそんなふうに今まで捉えていた。

「あのウィッシュボーンを倉橋が事前に知ってたってこと？」

野村は、ごまかせないと思い、あの練習後のハドルで大樹が言ったことを思い出しながら淡々と智樹に伝えた。智樹はしばらく目を伏せて、やがて「なるほど、そういうことか」と独り言を言ったあと、

「あの夜、確かにうちの家の二階の廊下で、あいつらなんか揉《も》めたような雰囲気はあった。倉橋にあとで聞いてもなんも言わんかったけど。大樹には最初から聞いてないし。

野村、大樹と倉橋に何があったんかは俺もわからんけど、倉橋は試合前に、ウィッシュボーンのことなんかなんも言うてなかった。一切なんもや。大樹も試合の後でわかったはずや。倉

橋が、疑わしいことをせえへんかったってことを」

野村はあの試合後、スタジアムの出口の近くで二人が話していたところを思い出した。試合が終わっても、野村はまだ倉橋のことが許せないでいたから、大樹の後ろで倉橋を睨んでいた記憶がある。

智樹は何かを思い出してぷっと噴き出して言った。

「いや、倉橋にしたらようなんも言わずに頑張ったなって」

「というと?」

「今思い出してん。あの夜、あいつは一人で大樹の部屋にいた。俺が急な配達に出たから。うん、そのタイミングで見たかもな。今さらどうでもええことやけど。あいつは考え方が単純で短絡的でいっつも言い訳を考えてて、思ったことをなんも考えんと口にするやつで」

「ところどころ大樹に似てるな」

「そうやねん。どっちもそれを強く否定するけどな。アホ言えって。ただ倉橋は卑怯なことはできん男やから、きっと一人で悶々と悩んでたんやろな。想像したら笑うわ」

「大樹が倉橋のこと、しょっちゅう『へぼ』言うてたで」

「大樹は昔から倉橋を嫌ってるからそう言うんやろうけど、確かにへぼではある。ところが、そのへぼの倉橋が最近変わってきてん。高校のコーチをしてからな」

「倉橋ってコーチしてるん?」

「うん、野村みたいに母校の大学コーチやなくて、縁もゆかりもない高校のアメリカンフットボール部のコーチ。大阪と東京でもう五、六年くらいになるかな。俺ら同期の連中とは『あの、あの倉橋が高校のコーチを続けてる。まだ！』という話題だけで酒が飲めるねん。フットボールへの情熱なんか皆無やったあいつがコーチとはどうしても信じられへん。高校は男子校やから女目当てでもないし、ボランティアらしいから金でもないし。あいつがなんであんなに熱心なんか、ますますわからん。コーチしてるせいか、昔と比べてちょっと話がまともにもなってきたんや。離婚のショックで人が変わった、という意見もあるが」

智樹はそう言って、青白い天井を見つめてため息をついた。

「あれから……八年か。人も変わるか。倉橋が変わるくらいやからな。大樹も……」

二人はしばらく席に座ったまま黙り込んだ。

野村が言った。

「今から思えばやけど……倉橋が僕らのプレイブックを見たかどうか。僕はこれについて意識過剰になってたんやけど、そういうところを、コーチの市川さんにも諌《いさ》められたんや。試合の数日前な。そんなもん、たとえ見られたところでなんやねんって。

そりゃそうやな。倉橋に何を見られたところで、うちがどのプレーするかってわからんわけやし。ただ、チームの大事なプレイブックを対戦相手に、それも試合直前に見られた、っていう経験もなかったし、それを大樹がさらっと言うたもんやから、あの時はむちゃくちゃ怒ってしまった」

「わかるわかる。で、今から思えばって？」

「僕は、というかチームのみんな、特に攻撃ラインの連中は、あの時の大樹の倉橋への怒りが伝染したというか。もともと僕らのチームはおとなしいやつが多かったんや。

最後の大事な試合を前に、けが人も出た緊急事態やのにこれではあかん、って大樹が思ったから、倉橋の話を持ち出して怒りの感情を引き出したんちゃうかなと」

「怒りの感情が勝てる必須要素ではないと思うけど。『怒りが着火剤になって眠っていた闘志に火がついた』と解釈したらええんかな」

「そうや。その着火剤として倉橋のネタが出来た」

「たまたまな」

「大樹はこれや、って思ったんちゃうかな。とにかく、チーム全体に火をつけたかった。それに、もともと大樹は倉橋をよく思っていなかったからちょうどよかった。案の定、僕は怒ってしまったけど、市川コーチが全体を沈静化した。

あれ、っと思った大樹は、グラウンドに残っていた僕やラインの連中にもう一回一芝居を打った。僕らはそれにまたもやまんまと引っ掛かった。このグラウンドの一件は、そこにおらんかったやつらにも部室でちゃんと伝わる。それも大樹は計算済みやった」

「その経緯は別として。うちは京阪大に力負けしたんや。実力どおりに負けたんや。あえて野村の言うことを捉えると、燃える闘志に迫力負けした、ってことやな。

俺らはあの試合の前、京阪大をなめてたし、慢心してた。俺らは強ないのに『俺らは一部や』ってプライドだけは高かったしな。

たとえ、俺らがあのウィッシュボーンを事前に知ったところで、結果は同じやった。うちは負けてたで、間違いなく。特に学生の試合ってほんまにやってみんとわからんなって今でも思うわ」

智樹はそう言ったあと、

「あいつらあの時どんな言い合いしたんやろな、似たもん同士が」と小さな声で言い、

「ふん、なんかうらやましいわ」と、待合所の長椅子で腕を組んでしばらく目を閉じていた。

倉橋和也　東京新橋の夏の夜。

今年春に起きた東日本大震災の影響で、倉橋の会社がある池袋東口の夜間の眩しいネオンの灯《ひ》が一時消えた。駅前のロフト広告が見えなくなった夜は、辺り一帯が廃墟《はいきょ》のように感じた。あの日、東京でも感じた強い揺れ、数日続いた余震。スーパーの棚から食べる物が消えた。自粛するだけでは駄目だ、被災地以外の地域が元気にならないと支援できない、という世間の声や、計画停電を繰り返した電力供給も危機を脱してから、ようやくいつもの賑《にぎ》わいと明るさを取り戻してきた。

倉橋は、中学二年生の時に「阪神・淡路大震災」を経験した。倉橋の実家のマンションは、兵庫県庁の北側にあった。マンションの外構部分が一部損壊し、断水もしたが、被害はそのくらいだった。

しかし、ほんの少し南、国道2号線や、国道43号線沿いを大阪方面に歩くと、景色が一変した。歩道にも瓦礫《がれき》が積まれて、真っすぐに歩けなかった。自衛隊のいろんな形をした大型トラックが頻繁に行き交っていた。『戒厳令』とはこんな風景になるんだろうか。あの時倉橋はそう思った。

今になって思えば、三宮駅南のバスターミナルの果てしない列でも、列を乱す人はいなかった。みんな自衛隊の隊員の指示にも素直に従っていた。しかし、瓦礫を公衆電話にぶつけて、中の小銭を盗《と》ろうとしていた男も見たし、叔母が避難していた高校では、体育館や各教室は避難した人で過密状態でありながら、ある家族は一つの教室を親戚連中だけで占領して平然としていた。

倉橋は、震災と聞くと、嫌でもあの頃のいろんな光景を思い出す。

震源地から遠く離れていても、自分は仕事や高校でのフットボールの指導など、そんなことをしている場合か、とも思ったり、いや、自分にはこれをやるしかないと思ったり、気持ちが行ったり来たりして不安定な春だった。


今年の夏はいつも以上に暑く感じられる。

大学シーズン開幕の直前に、新橋の中華料理店の二階を借り切って壁に『今年こそ！　悲願の一部リーグ復帰を！』の紙を貼り、東京ＯＢ会の決起集会が開かれた。

今年こそ、と言ってもう何年になるか。肩身が狭い倉橋の代も、こうやって徐々にＯＢの集まりに顔を出せるようになってきた。倉橋は母校のチーム事情には長らくアンタッチャブルだった。後輩にチームの指導体制や練習内容を聞いたりするが、当時からほとんど、何も変わっていないようだ。会の終了後に倉橋は、こういう機会にちゃっかりと大阪から出張を入れて参加してきた片桐秀平とショットバーの一角で飲んでいた。

企業チームでプレーしていた片桐秀平は、去年で選手を引退した。そのままチームに残り、今年から攻撃ラインのコーチに就任した。倉橋は、去年合山さんの指示に従い、東京都足立区の私立高校のアメリカンフットボール部初代監督になった。

「倉橋、実は薮村さんがな……」

「その名前出されると今でもキンタマが縮む」

「薮村さんの、小学校一年生か二年生の息子が……」

片桐が話を続けた。

「息子なんかおったん？　結婚してたん？」

「四十歳で結婚したらしい。おまえは離婚したけど」

「俺の話はええから。態でも結婚できるんやな。で？　話聞いたるわ」

「その息子が、近所のサッカースクールに通いだしたんや。練習試合でその息子がミスをしたか怠けたか、言うこと聞かんかったか、いや、まだ小学生やからどうかわからんけど、そしたら、親の薮村さんが見ているところで、ある若いコーチが、その息子をちょっと小突いたらしい。ちょっとな。ほんのちょっとな」

その場にいたかのような片桐の話を聞きながら、倉橋は話の先を読んで唾を呑んだ。

「まさか……」

「あの薮村さんや。黙ってるわけがない。『われ、わしの息子になにするんじゃい！』と言いながら、もうグラウンドになだれ込んでそのコーチをしばいた。コーチは一撃で吹っ飛んだ」

藪村さんの腕力と野蛮さを思うと、その情景は容易に想像できた。しかし、目の前で自分の息子が小突かれたら。それがたとえ指導だと言われても、平静を保てるだろうか。倉橋はこの時だけは藪村さんを心の中で援護してしまった。

倉橋は中学生の時、些細なことで若い男性の体育教師に廊下に土下座をさせられた。その教師はジャージのポケットに手をつっこんだまま、倉橋の顔を何度もサッカーボールのように蹴った。倉橋が鼻血を出しても止まらなかった。家に帰って親にそれを報告しても、学校に抗議しに行くとか、騒いだりはしなかった。おかんの「あんた、気いつけよ、ほんまに」で終わった。あれは、倉橋の親の性格なのか、それともそんな時代だったのか。今では逮捕されただろうその教師は、県の陸上界の重鎮におさまっている。

片桐の説明が続いた。

その時グラウンド上は大騒ぎになったけれど、運営しているチームも、コーチが子供に体罰をしたことは事実だから、藪村さんに謝罪を申し入れて受け入れられた。これで一旦収まったが、このコーチへの暴力事件が藪村さんの勤務先の知るところになり、藪村さんはクビになった。息子がらみのその経緯も、勤務時間外であることも考慮されなかった。

とかく、最近は暴力に対して会社も敏感や、と片桐は言っている。

会社は、日頃の勤務態度に問題があった藪村さんを、「これはあいつを辞めさせる千載一遇のチャンスや！」と喜んだのではないか。倉橋はそう思った。

「で、薮村さんは実家の廃品回収会社に戻って二代目社長になった。やり手の薮村さんによって、この会社の業績もすこぶる好調らしい」

「片桐、それがおち？　くだらん。おっさん乞食でもしたらええのに」

「いや、俺が言いたいんはここからや。薮村さんの廃品回収会社の業績なんかどうでもええねん」

「おまえが言うたんやろ」

「体罰問題に目覚めた薮村さんは、『スポーツにおいて、体罰は絶対に許されない』と言いだした」

「薮村さんが『体罰反対』やて？　どの面さげてよ」

「近所の居酒屋で吠えるだけやったらええけど、薮村さんは今度は北摂大学の理事会に訴えだした。何度も大学に行って理事会で演説したらしい。体育会に批判的な理事もおるから、その理事たちからは歓迎され、また、体育会の体質を変えたいと思っていた体育会擁護派もこれに乗った。大学の体育会改革の旗印になった薮村さんは、理事会の強い後押しもあって……」

片桐が一息ついた。

「薮村さんは来季からまずは、アメリカンフットボール部のＯＢ会会長になる。『強くなるためにどんどん大学から予算をとって環境を変えたる、アメリカンフットボール部が北摂大学体育会改革の先頭に立つ』と息巻いている。近いうちに大学の理事にもなるんちゃうかって噂。今せっせと寄付もしてる。寄付して予算を取るのが薮村流。これがうちの最新情報や」

「あの薮村さんやで。体罰禁止、とか言いながら、しょっちゅうグラウンドに足運ぶうちに、いつ化けの皮が剝《は》がれるか」

「剝がれた時には……」

片桐が言った。二人ともぶるっと背筋を震わせた。

「俺は、こないだその薮村さんに呼び出された」

「なんで？」

「『おまえ社会人であと二年コーチしたら、大学のヘッドコーチをしてくれへんか』と。そこで、倉橋にも手伝ってほしいねん」

「俺が大学の？　無理無理」

「ＯＢの中でも指導歴がある人間はそうおらんねん。おまえぴったりや。おまけに独り身やし」

「ＯＢでなくてもええやろ。もうそんな時代ちゃうし、外から来てもろたらええねん」

「条件ほか、いろいろと難しいねん。そんなこんなの雑用で、ＯＢ会幹事の赤澤智樹も駆り出されて手伝ってるらしいわ」

「薮村さんに言われたら智樹も断れるわけないな。あいつも家業で忙しいのに」

智樹は、近いうちに若くして老舗の和菓子店の四代目店主になる。

「大樹は二回目の入院やってな」

倉橋は、片桐から大樹の名前を久しぶりに聞いた。

大樹は二年前、食品会社を退職して、前から誘われていた婦人服の卸の会社に入社した。当然家業を継ぐ路線から外れた。親も智樹も、別にこれに対して意見はなかった。大樹は、フットボールもやめた。大樹が、二回目の入院をした話は、回り回ってつい数日前に知った。

——おっ、噂をすればなんとやら。

片桐秀平はそう言いながら、震えているスマホを手にした。

「噂をすればって？」

「智樹からや」

倉橋は音を切っていた自分のスマホを見た。片桐の前に赤澤智樹からの着信履歴があった。

片桐はスマホを持ちながら、眉が小さく動いた。

「えっ？　ちょっと聞き取れへん、ちょっと待って」

片桐はそう言いながら店の扉を開けて出ていった。倉橋は、最近の母校の戦力のことを考えながら、カウンター越しに店員に声をかけてからトイレに行った。

——一旦落ちると上がるのは簡単ちゃうぞ。

現役時代に、耳が痛いほどＯＢたちから言われた言葉が聞こえてくる。

――薮村さんでも誰でもええわ。うちを強くしてくれたら。

倉橋は、手を洗って洗面所の鏡を見ながら独り言を言った。

席に戻ると青白い顔をした片桐がいた。

「どないしてん片桐。悪酔いしたんか」

倉橋は片桐の肩に手を置いた。

片桐が、倉橋の腕を取り、深呼吸して言った。

「大樹が、大樹が死んだ」

聞いた倉橋は、片桐の手の力に負けて、とたんに腑抜《ふぬ》けになってフロアに座り込んだ。

野村淳一　倉橋和也と初めてしゃべる。

祭壇に掲げられた赤澤大樹の遺影は紺のスーツ姿で、少し不自然な笑顔だった。

京阪大アメリカンフットボール部コーチの野村淳一は二か月近く前に、大樹が入院していた病院で智樹に入替戦前のグラウンドでの出来事を話した時に思い出したことがある。めったに見たことがなかった大樹の笑顔だった。

入替戦前のあの夜、大樹は夜間照明が消えかけて暗くなったグラウンドで『先上がっといてくれ』と言って走りだしたが、その直前に一瞬親指を立てて笑った。後にも先にもあんな屈託のない大樹の笑顔を見たことがない。

改めて大樹の遺影を見た。これ、いつ撮ったんやろう。ちゃんとしたスタジオで撮ったような写真だった。今年の二回目の入院の直前にこれを撮ったとしたら、その胸中を思うと泣けてくる。不死身だと信じた男は、エネルギーが余りすぎて自分の命も燃やしてこんなに早く逝ってしまった。

野村は、淀川区での大樹の通夜会場で、大学時代の後輩三人と受付係をした。その他、部のＯＢの何人かが手分けをして湯茶接待や買い出し係をした。倉橋と片桐がタオルを首に巻いて駐車場係をしているのをドアから見た。

野村淳一　倉橋和也と初めてしゃべる。

通夜振る舞いの最後のほうで、係の人たちが慰労され、二十分ほどで解散になった。明日の告別式でもお願いします、と親族のどなたかに頭を下げられた。智樹は多くの人への対応で忙しそうだった。

野村淳一は最後に香典の集計の確認の後、トイレに行った。出てフロアを見たらもう誰も知り合いがいなかった。

午後九時半過ぎ。駅までの道に出た。まだ暑い。少し前を白の半袖のカッターシャツを着た男が歩いている。倉橋だとすぐわかった。彼もひとりだった。片桐は先に帰ったんだろうか。

野村は少し躊躇したが、こういう機会だし、と思い、早足で倉橋に追いついた。

「倉橋さん」

倉橋は振り向いたが表情はなかった。

「あ、お疲れさまでした。さっきは挨拶もできずすみませんでした。僕、京阪大学の野村です。倉橋さんたちと試合した時はクォーターバックしてました」

倉橋は、「どうも」と言ったあと、無言で歩きだした。

「片桐さんは?」と聞くと「用事」と言った。

野村は、ここから駅までのたった五分ほどがとたんに苦痛になって、声をかけたことを早くも後悔した。

「東京からは、今朝着いたんでしょうね。暑い中ご苦労さまです、ほんと急でね……。

私は大学でコーチしてるんですが、倉橋さんも今東京の高校でコーチされているんですよね。智樹から聞きました。どうですか東京は、地震の影響とかは……」いろいろと話を振ったが、やはり反応は乏しかった。

こんな、人の問いかけにだんまりする社会人おるか？　とも思った。しかし、野村は、今日は大樹の日だと思い直した。大樹のエピソードを何か出して、この男とそれらしい会話ができたらそのうち駅に着く。でも、思いつくエピソードとしたらあれしかなかった。

「倉橋さんと大樹や智樹とは同じ高校だったんですよね。僕もう、智樹ともすっかり友達になって。こないだもこんな話したんですわ。うちとの試合前、大樹の家でなんか揉めたそうですね、ハハ、これもうとっくに笑い話ですけどね」

倉橋が野村を見ずに言った。

「おまえ、一体なんの話してるんや」

おまえ？　へぼの倉橋ごときが僕におまえ？　野村は得意技で、呼吸とともに怒りを吐き出した。今日は、大樹の日だ。胸に澱《よど》んだ真実を知るためには、もうこんな機会はないとも思った。大樹からの話は八年も前に聞いた。この男からその真実が聞けるかどうかはわからないが、聞いてみる価値はある。

大樹はあの夜こう言った。

――あいつは姑息で恥知らずやっ！

あの言葉は演技ではなかったはずだ。僕とソリが合わなかった大樹はこの男が大嫌いで、僕が友達になった智樹はこの男と大の親友で……。

野村は、無理やり口角を吊り上げてつくった顔を倉橋に向けた。

「なんかうちのプレイブック見たとか見てないとか。あれでしょ、倉橋さんも見るつもりはなかったんでしょ、そりゃそうですよね。大樹の部屋で、たまたまでしょ、ねえ。ほんましょうもないことで騒いでもたなって今は思うけどね。ほいでも試合前やったから僕もあの時ピリピリしてたんやと思うわ。大樹も僕らも、大学生って今から思うとほんま子供やなって……」

野村は早口で反応を探った。倉橋はまた無表情で無言になった。交差点を渡った。駅までもうすぐ……。

「いやほんまに、昔のつまらん話してすみませんでした。ただね、ほんまのとこどうやったんかなって思ったりして。どうだったんですかね？　大樹とのやり取りは？　こんな夜やから、僕もそれ、大樹のこと知りたいなって思って。あの時も僕があんまりこだわった言い方して、そしたら大樹が僕に『悪かった』って謝って。それからね……」

倉橋が立ち止まって、ん？　という顔を向けた。やっと反応した。

「誰が誰に謝ってん」

——どこに引っ掛かるねん！

「え？　そやから……大樹が僕に」

「なんて」

「そやから！　大樹が僕に！　悪かったって！　さっきからそう言うてるやろ！」

「アホ言え。あいつがなんでおまえなんかに謝るねん」

「アホ？　おまえなんかに？　失礼な！　そんなん言われても僕も知るかいっ！　大樹に聞けよ！　なんでか知らんけど！　あいつが僕に謝ったんや！」

「おまえうそつきか。あいつが死んだからいうて口から出まかせ言うなよ。大樹が人に謝るか。おまえなんかに絶対謝ったりせえへんわ。俺はあいつの根性よう知ってるねん」

「うそちゃうわい！　ほんまや！　おまえこそなんも知らんとよう言うなあ！　おまえは僕の何を知ってるねん！　元はと言えばおまえがっ」

じゃ！　じゃかっしいわいっ――!!

野村はビクッとして、道路側を歩いている倉橋とは反対側の方を見た。おっちゃんが二人、コンビニの駐車場の入り口横の地面に座り込んでカップ酒を飲んでいる。どっちかが野村に向けて怒鳴った声だった。

「は……ああ、びっくりしたぁ」

野村は思わずそう言ってしまって赤面して汗が噴き出た。

「十三初めてか、野村」

倉橋が初めて野村の名を呼んだ。

「まあ、こうやって歩くんは」

「いなろく渡るで」

「いなろく？　ああ176号線。え？　なんで？　駅あっちやで」

「その一杯立ち飲み屋、大樹と飲んだ最初で最後の店で。社会人になってすぐの盆休み、俺は智樹とビール飲みに行ったつもりやけど、あいつは智樹の横で黙って立って飲んでた。俺とはお互い目も合わさんかったけど……」

「飲みに行くってことか？　その一杯立ち飲み屋に？　今から？」

「おまえのそのうそ話、ゆっくり聞いたるわ。おまえのおごりで」

「なっ、なんで僕がおまえにおごらなあかんねん！」

「割り勘にしとったるわ」

——ありがとっ——と言いかけた。普通やろそれ！

倉橋が野村を見て笑った。

——まあ……うん。こいつも笑顔は悪くない。

野村の都合も聞かず倉橋は前を歩きだした。道はわからないがとにかく倉橋に遅れまいと、野村は十三駅の西口に向かって付いていった。

倉橋和也　北千住でいろいろと思う。

大学四年生の夏に、北摂大アメリカンフットボール部同期の十二人で撮った写真がある。夏合宿の最終日に撮った写真だ。

もうこんなしんどいことは一生したない、と強く思った記憶がある。

グラウンド入り口の階段に、みんながばらばらに座っている。十一人がTシャツの上にボロボロの練習用ジャージを着ている。髪の毛はヘルメットを被っていた跡と汗でぺっちゃんこで、砂と泥がついた汚い顔をしているが、みんな満面の笑顔だ。二週間の地獄から生還した安堵《あんど》の笑顔だ。

思い出の写真だからといって、額に入れて壁に飾ってある、ということはなくて、このシーズンの連盟が出す各校の選手一覧のガイドブックに、大きめのしおりのように挟まれたままになっている。

ガイドブックはある時は本棚の端にあり、ある時は引き出しの奥の方に押し込まれていたりしていたが、今まで捨てられることなく、引っ越しのたびに段ボールの中に入れられて、どこまでも俺についてくる。

写真の中で、端に一人だけ、きれいなTシャツ、短パンの涼しげな格好の男が座っている。

マネージャーの赤澤智樹だ。フットボールの話の他に、駅前商店街でよく出るパチンコ台はどの店の何番台かとか、学内を歩くあのかわいい女の子は、どこの学部の誰なのかなんかを話し合ったよき友だ。

といっても、パチンコの収支はいつもマイナスだったし、噂の女の子の名前を知ったところで、声をかけるような勇気もなく、それだけで終わっていた。つまり、俺は金もなかったし、女にモテなかった。結局は、毎日がフットボールで埋められた学生時代だった。

智樹は、無骨な男が多いチームの中で、神戸の布引《ぬのびき》の滝のような爽やかさと男気を持った珍しいやつだった。

写真を挟んでいる選手一覧ガイドブックに、このシーズンは二部だった京阪大学チームの紹介ページもある。二ページとって紹介される一部リーグ所属チームとは違って、その扱いはかわいそうになるくらい小さかった。

そこに小さな字で【主将　赤澤大樹　ランニングバック】などと記載されている。

「倉橋くん、そろそろトラック来るよ」

律子が洋室のドアに立って笑って言った。

「オッケーわかった、整理急ぐわ」

律子とは四年前、お互いが三十四歳バツイチで再婚した。

片桐と新橋で飲み、大樹の死を知ったあの年の翌年に律子が離婚した。それから、二人は大阪で会ったり、神戸にドライブに行ったり、律子が東京に来たりしているうちにこうなった。今のところうまくいっている。気を遣わないのが何よりだ。学生時代の延長のようで、もちろんそうではない。彼女はいまだに倉橋のことを倉橋くんと呼んでいる。くんの「く」に少しアクセントを置いて。

去年の十二月、北摂大学アメリカンフットボール部は、一部チームとの入替戦に勝利し、実に十六年ぶりの一部リーグ復帰を決めた。

同期で開いた片桐秀平ヘッドコーチの慰労会で、倉橋和也は彼から再度ヘッドコーチへの就任を依頼された。

今回は大学の職員になってフルタイムのヘッドコーチになってくれ、という要請だった。そうなったら、自分は監督になって指導からは一歩引いて、組織運営や大学などとの窓口になりたい、一部リーグ復帰を機に、指導陣を刷新したい、と言っている。

「片桐、何度も悪いけど無理や。俺も一応会社で課長になったし、合山さんの手前もあるし」

「学校職員での採用は薮村さんが道つけてくれた。ランクは下からやけど昇給もある。将来は比較的安定している、と思う」

「それやったらおまえがなれよ」

「俺はあかん。子供まだ小学校の低学年やし」

「逃げたな」

「一度律子ちゃんとも話してくれ。頼む。薮村さんが是非とも倉ちゃんに、と言うてた」

「うそつけ。薮村さんが俺なんかに是非とも、とか、倉ちゃん、とか言わんわ」

「言うてた、ほんまに」

しかし、後日薮村さんから「倉ちゃん、実は君に折り入って……」と直々に電話をもらった。あんなに緊張した電話は、久しぶりだった。これから俺は薮村さんに「倉ちゃん」と呼ばれるのだろうか。

というわけで律子に相談したが、

「世の中、求められて行くってなかなかないよ。やったほうがええよ。好きなフットボールの指導でしょ」と、あっさり了承された。

これで、俺のこの春からの北摂大学アメリカンフットボール部ヘッドコーチ就任が決まった。合山さんからの了解ももらった。給料は、たぶん一旦2割ほど下がる。

「私が稼いでるから心配いらんやん」

出版社の部長職の律子が言ってくれた。彼女の、関西への転勤願いも受理された。俺はまた頭が下がる。

家賃が手頃な、阪神野田駅近くの物件も見つけた。最後にこの選手一覧ガイドブックが入った段ボール箱に封をして、今日引っ越しをする。一緒に住んだ北千住の小さなマンションを出る。

東京に約十年。最初は赤羽、次は西新井、最後は北千住。二人揃って久しぶりの関西住まいになる。

「ここでも思い出たくさん出来たね。なんか、関西って久しぶりで新鮮！」

「関西弁思い出さな。ボケもツッコミも忘れてもたし」

律子がそばに来て、手を握って笑顔をくれた。

高校から知ってる律子。俺のしょうもないところを全部知ってる律子。俺の言ってることをまずは認めてくれる律子。でも、学生時代とは全然違う律子。

俺は律子の手を強く握り返した。

倉橋和也　秋の夜空を見上げる。

倉橋は、第一試合が行われているスタジアムのフィールドの外周部に立っていた。

第二試合に出場する上半身の防具を脱いだ北摂大学の選手たちが、腰を下ろしたり、座り込んだりして個々にストレッチをしている。選手もスタッフも、全員がマスクをしている。あと三十分ほどで日没になる。フィールドの上には、フェイスマスクに飛沫《ひまつ》感染を防ぐためのシールドが取り付けられた紺色のヘルメットが、カクテル光線に照らされて並んでいる。

今年の秋季初戦、ナイターで行われる対京阪大学戦キックオフの1時間前だ。今年はトーナメントとなった。秋のトーナメントは史上初だ。

今年の二月の初めの週末、倉橋は律子と新居の洗濯機を買うために梅田の家電量販店に行った。いつもは海外からの観光客で混雑するフロアが閑散としていた。客はほとんどいなかった。

「やっぱりね」

マスク越しに律子が言った。

「でもゆっくり見れてラッキーやな」

と倉橋は答えた。

商品を見て「どれがいいかな」「こっちかな」と二人で話している時に若い店員が来た。少したどたどしい日本語で話しかけられた。「これは？　じゃあ、こっちは？」とその店員に聞くと、丁寧に一生懸命に性能説明をしてくれた。親切な彼のおかげで商品選びが楽しく進んだ。

律子との意見がまとまり、買う機種が決まった。

「どうぞ、お座りください」

店員の彼が小さな丸テーブルに誘導した。製品の納品日の調整は別の担当者がしていて、しばし三人でいた。

「ご出身はどちらです？」

律子が聞いた。

「中国の上海です。学生で日本に来て、それからそのまま働いてます」

「あら！　じゃあお国も大変じゃないですか？」

「ええ、そうなんです……」

とたんに彼が深刻な顔になった。律子が、まずいこと聞いちゃった！　という顔をした。

「あっ！　だいじょうぶです！　両親と、弟もみんななんとか……」

と彼は笑顔に戻って話してくれた。律子もほっとした顔に戻った。

「まあ、あと一か月くらい大変やけど、お互い頑張ろうな」

倉橋が彼に言った。

「そう。春が終わるくらいまでね。ゴールデンウィークはまた忙しくなるよ」

律子も言った。

「しばらくの辛抱、ですね。ありがとうございます！」

彼はいい笑顔だった。

そんな話をして三人で笑っていた。その時は。


四月から大学が封鎖された。勧誘活動を止められて新入部員勧誘活動が難航した。そんな時、合山さんが真っ先に声をかけてくれた。

「地方から来てたり、お金が大変な子、うちでバイトしたらええねん」

合山さんのもとには、いろんな建築、解体工事会社、セメントや建材業者の情報が集まる。

「資材や原料の品番の入力作業は家でもできるやん。解体作業の助手もあるで。現地集合現地解散で。まあ無理強いはせえへんから」

薮村さんからもそんな話があった。廃品の仕分けは広い敷地で行うからと。

学生数人がお世話になった。それは今も続いている。どの学生も二人を怖がらない。二人の昔を知らないから……。

若い時はとっつきにくかった二人が、とんがった角が丸まってまだ自分とつながってくれている。もうやめたるわい！　と言ってしまうような場面は合山さんとは何度もあった。あの時に癇癪《かんしゃく》とともに縁を切らなくて、我慢してよかった、と最近よく思う。合山さんに強引に大阪で、そして東京でコーチをやらされ、今度は薮村さんに大学に呼び戻された。俺の人生、「人にやらされる」ほうがうまくいくのだろうか、と倉橋は考える。

日中はまだ暑いが、この時刻になるとフィールドにはいい風が吹きだした。

ストレッチをしている選手たちを見ていると、ここ数年で彼らの体は大きくなったと改めて感じる。徐々に、ではなく、とたんに。スタッフの熱心な高校生勧誘の成果だが、普通に入部してくる選手の中にも身体的能力が高そうな子がいる。倉橋たちの時代の、かつてのでかさの暗黙の基準であった『身長180センチ、体重80キロ超』の体格で入部してくる選手が珍しくなくなった。頭が小さく、手と足が長い。練習後のハドルでも、彼らの後ろにいると前が見えなくなる。大樹のような体格のランニングバックは稀《まれ》だったが、今はそうではない。

でも、図体はでかいが、やっぱり子供だ。一部リーグ初戦、それも今では強豪の京阪大戦を控えて緊張している様子がありありとわかる。今年は一般入部を募る活動に注力ができなかった。それでも自ら門を叩いてくれた子もいて感激した。

しばらくはモニターの画面越しにしか会えない子もいた。どんな状況になろうとも、今後四年間、彼らと苦楽を共にしていきたいと強く思った。倉橋は、そう思いながらゆっくりと選手の間を歩きながら、彼らの肩に手を置いて一人一人に声をかけていった。

四年生クォーターバックの中島悠真《なかじまゆうま》がキャッチボールをしているそばに来た。彼はこのチームの真のリーダーだと言っていい。大学のグラウンドが使えなかったので、彼は大学近くの公園にレシーバーを集めてこっそりと練習を重ねた。

しかし、それを見ていた近隣住民から大学にクレームが入り、大学からは即中止命令が来た。こういうクレームに大学は弱い。広い公園でマスクをつけてキャッチボールしているのが誰の迷惑になるのだ、と学生側に立って抗弁する、はない。選手の旺盛なやる気に押される形で、倉橋は大学にグラウンドの一部使用だけでもと交渉に行ったが、何度行っても交渉役が出てこなかった。

しかし、公園にもグラウンドの片隅にもウィルスは漂っているかもしれない。合宿もできなかった。練習試合も双方に感染者が出て中止になることが続いた。今年の活動は諦めよう。コーチからそんな言葉も出た。だが試合は諦めたとしても、活動まで放棄したらこのチームは無くなってしまう。前例がない状況にコーチも選手もいきなり立たされた。

そんな状況の中で中島はリモートミーティングでも常にリーダーシップを発揮した。おかげで例年よりも戦術などアサイメントの理解が深まった、とコーチたちは口を揃えた。中島は見えない敵とも、大人の忖度《そんたく》とも戦った。

先週の練習後に、中島は倉橋にこう言った。

「毎日、『今日が最後だ』と覚悟して練習してきたので悔いはありません」と。

自分は何もしてあげられなかった、倉橋はそんな気持ちで涙が抑えられなかった。そして、うちのチームにはこんなに立派な選手がいるんだなと誇らしかった。

人のいないスタンドを見た。北摂大久方ぶりの一部リーグ戦だ。スタンドには、今の試合が終わったら空いた席をすぐ取ろう、といった顔をした人たちが、階段の出入り口辺りに団子になって固まっている。そんな様子を想像した。

フィールドを撮影しているカメラが近くにある。倉橋は、もうすぐ始まるこの試合をカメラの向こうで、ネットを通じて観戦する律子を思った。無観客の状況に文句は言えない。この日を迎えられたことが奇跡のようにも思える。

『今日が、この試合が最後かもしれない』

俺も中島悠真のような気高い覚悟を持たなければ。状況は刻々と変わる。倉橋は背筋を伸ばした。

試合直前の、種々の事柄を確認するコーチミーティングも終わった。ヘッドコーチの倉橋は、攻撃コーチ川上、守備コーチ東岡、キッキングコーチ宇田川とスタンド上部のスポッター席まで上がり、頭にヘッドセットを付けて椅子に着いた。フィールド全体を見渡せるスポッター席だ。

ここからさまざまな情報を、サイドラインにいる同じくヘッドセットを付けた片桐監督、攻撃ラインコーチ和崎《わざき》、守備ラインコーチ保川《ほがわ》ほかバックスコーチらに伝達する。

スポッター席で倉橋の隣に座った川上はまだ二十七歳。昨年まで社会人リーグでレギュラーを務めていただけあって、体の分厚さはうちの四年生たちよりもすごい。本業は攻撃ガードだった。彼は、まだ現役選手としてやっていけたが、倉橋の誘いでサラリーマンを辞めて、安定性のないコーチ業を引き受けてくれた。そして倉橋と同様に春から大変なことになったが、幸い彼の前向きで陽気なキャラに助けられている。

うちに来てくれた学生が、みんなうちに来て良かった、と言ってくれたら。それが今でなくても卒業して何年経ったあとからでも。そんなわかりづらいことを目指している、とも思う。迷った時は、鈴木先生と小林さんの三人で指導の目標を話し合った時に飲んだビールの味を思い出すようにしている。

「川上、緊張してるか」

倉橋は、ヘッドセットを付けたままで聞いた。

「そりゃそうですよ。僕も大学一部リーグ経験してませんもん」

――同じく、私もです。ヘッドセットから、和崎や保川の声が聞こえた。

「あ～あ～。ヘッドセット、テスト、テスト」

片桐秀平の声がヘッドセットから聞こえた。

「片桐監督、さっき保川さんがテストしてましたやん」

川上が横で言った。

「川上か。そうやったっけ」

試合前の緊張が、ヘッドセットの中で一気に和んだ。片桐が続けて言った。

「え～各コーチの皆さん。今シーズン初戦。相手は優勝候補の京阪大学。でも、皆さん、落ち着いて、選手への指示は素早く、明瞭に、明確に。緊張せんと、いつもどおりやりましょう！」

片桐の、元気のいい声が耳に響いた。

「その言葉が、余計に緊張させるねんって」

川上の隣の宇田川が、マイクを手で遮って笑って言った。

「お～い！　宇田川～。聞こえてるで。このヘッドセット、音よう拾うねん。性能ええねんでぇ」

「失礼しました」

また皆の笑い声が聞こえた。

倉橋はスポッター席から、フィールドを挟んで向こう側のサイドラインの真ん中辺りにいる、白いポロシャツと黒いサングラスの京阪大ヘッドコーチの野村を見た。野村は、大きなボードを持って隣の恐らく市川監督と話している。

「ところで、倉橋ヘッドコーチ――どうぞ」

「なんでしょう、片桐監督――どうぞ」

「キックオフ10分前。ここでこの試合に懸ける思い、倉橋ヘッドコーチ話してください――どうぞ」

「え？　いや、片桐監督。そやから、ゲームプランはさっき最終確認をしましたよ――どうぞ」

「倉橋ヘッドコーチの話が聞きたい。お願いします――どうぞ」

「片桐監督の話が先ちゃうか――どうぞ」

「時間が足りへんから――どうぞ」

　横から宇田川が言った。

「倉橋さん、私からもお願いします！」

　倉橋は再びフィールド反対側の野村を見た。野村は一人静かに立ってこっちを見ていた。たぶん100メートル以上離れているがはっきりとわかった。野村は倉橋と目が合ったのがわかったのか、サングラスを取り、キャップも取ってこちらに向かって小さくお辞儀をした。倉橋も立ち上がってそれに応えた。ヘッドセットの中ではみんなが黙ったままだった。

「うん。では……。俺は自分の経験とかを押し付けるような指導はだめだと昔ある人に言われた。幸い、フットボールについて空っぽだった俺は、選手が主役だと言い聞かせてこれまでやってきた。しかし、今日はシーズン開幕日。俺たちの正月みたいなもんだから、全く個人的な話をする。

　十七年前か。今日の相手の京阪大学との入替戦に俺たちは負けた。あの試合がまさかそれからの俺の原点になるとは思わなかった。それからずっと、俺はある男にいろんなことで、何かで見返したかった。その男はもうこの世にはいないが……。どこかであいつは、絶対俺を見てる。そんな気でいる。『相変わらずおまえは甘いな』とか、『それでもう終わりか』とか言われてるような気がしている」

下に見えるサイドラインで、背中を向けていた片桐が、少し振り向いてスポッター席を見上げた。倉橋は、片桐と視線が合った気がした。両チームの全選手が左右のサイドに分かれ、ウォークライを上げている。

「しかし、みんなのおかげで一つ一つ難題を乗り越えてきた。感謝します。俺もその男に今日は自信を持って言える。俺は逃げないで戦ってきたぞ。もうおまえと対等やろ、と……。

さっき下で見たら、選手も少し弱気になっていた。コーチのみんな、選手に伝えてほしい。『大丈夫や、おまえなら。今までやってきたことを見せてくれ、自信を持って立ち向かえっ』と。みんな今日はよろしく頼む！」

倉橋は、ヘッドセットのマイクをぎゅっと握りしめた。ヘッドセットからは、他のコーチたちの息を呑む声が聞こえた。たぶん昔から涙もろい片桐秀平の、小さな嗚咽も……。

ウォークライを終えた全選手がサイドラインに戻ってきた。主将によるコイントスは京阪大学がレシーブを取った。あの試合と同じく、北摂大学のキックで試合開始だ。

「うちがキックです！」「よし！　京阪大のエンドゾーンまで蹴り込んだれ！」「次！　守備チ

「ームスタンバイ！」「オッケーです！　最初から仕掛けますよ！」「余力なんていらんぞ！　全部出し切れ！」

いつもはおとなしいコーチたちの堰《せき》を切ったような強い声が、ヘッドセットに飛び交った。

北摂大背番号33番、身長１６８センチながら太ももの太さが66センチの三年生キッカー田原《たはら》陸斗《りくと》が、自陣35ヤードラインに立った。そして、左右横一線に並んだ十人の仲間に、「よっしゃ！　みんな！　いくぞ！」と右手を上げて気合を入れた。十人もそれに大声で応えた。サイドラインに立つクォーターバック中島悠真も、他の選手やスタッフたち全員も腕を振り上げて雄叫びを上げた。

倉橋は、空を見上げた。雲もない、深くて澄みきった秋の夜空だった。暗くなりかけた地平で、ここだけがナイター照明でポッカリと明るい。

――上から見えるか？　始まるぞ。おまえが愛したチームの、おまえが愛したゲームが。

田原陸斗はゆっくりとステップを踏み、徐々に加速してちょうど九歩目で、楕円形のボールを、夜空に向かって、力強く、高く、高く、蹴り、上げた。

筆者より。

本作品はフィクションです。実在の人物・団体等とは一切関係ありません。アメリカンフットボールの専門的な部分については以下の両氏にヒアリングを行いました。

新生剛士氏《しんじょうたけし》

関西大学卒業後、社会人アメリカンフットボールリーグ（Xリーグ）リクルートシーガルズ（現オービックシーガルズ）で、クォーターバックとして活躍。その後同じくXリーグのアサヒ飲料クラブチャレンジャーズ（現SEKISUIチャレンジャーズ）に移籍。合わせて三回の日本一を経験。その後、米国アリーナフットボールリーグでも活躍。現役引退後、古巣オービックシーガルズのコーチとしても二回の日本一に貢献。現在は、将来のエースクォーターバックを、そしてリーダーを育成するために「QB道場®」を立ち上げ全国行脚を続けて指導を行っている。

吉田《よしだ》賢《さとし》氏

関西大学卒業後、社会人アメリカンフットボールリーグ（Xリーグ）サンスター（現エレコム）ファイニーズで、守備の要であるラインバッカーとして活躍し、一九九三年東京スーパーボウル準優勝に貢献した。

筆者の不躾な依頼を快諾してくれた両氏からは、大変貴重なアドバイスを多数いただきました。ここに感謝の意を表します。筆者はヒアリングを元に、作中ではアメリカンフットボールの戦術、戦略、練習風景等について実際とはかなり違う表現を一部しております。ご容赦願います。文責は全て筆者にあります。

なお、本書ではアメリカンフットボールの基本的なルール説明は割愛させていただいておりますが、ご興味がある方はぜひ、ネットで、たとえばXリーグの各チームのサイトにわかりやすいページがありますのでご参照ください。簡単なルールをご理解いただくだけで、アメリカンフットボールのご観戦はとても楽しくなります。

本書が皆様のアメリカンフットボールご観戦のきっかけになれば幸いです。

著者プロフィール

夏川 十一（なつかわ じゅういち）

1962年神戸市生まれ。関西大学商学部卒。

穂高健一氏（日本文藝家協会、日本ペンクラブ会員・会報委員）に師事し、小説執筆修業を始める。本作は初の長編小説の刊行となる。

不動産コンサルタント。プログラマー。学生時代はアメリカンフットボール、バスケットボールの選手。

あおてんだいぶ！

2024年5月15日　初版第1刷発行

著　者　夏川 十一
発行者　瓜谷 綱延
発行所　株式会社文芸社
〒160-0022　東京都新宿区新宿1－10－1
電話　03-5369-3060（代表）
03-5369-2299（販売）

印刷所　図書印刷株式会社

ISBN978-4-286-25271-1　JASRAC 出2400508－401